咬定青山

朱兴友◎著

云南美术出版社

图书在版编目（CIP）数据

咬定青山 / 朱兴友著. -- 昆明 : 云南美术出版社,
2025. 4. -- ISBN 978-7-5489-5875-8

Ⅰ. Ⅰ25

中国国家版本馆CIP数据核字第20259SC154号

责任编辑： 李　林　台　文
装帧设计： 石　斌
责任校对： 孙雨亮

咬定青山

朱兴友　著

出　版　云南美术出版社
发　行　云南美术出版社
社　址　昆明市环城西路609号
邮　编　650034
开　本　720mm×1010mm　1/16
印　张　11.75
字　数　200千
版　次　2025年4月第1版
印　次　2025年4月第1次印刷
印　刷　云南新华印刷二厂有限责任公司
书　号　ISBN 978-7-5489-5875-8
定　价　68.00元

如有质量问题与印厂联系调换电话号码：0878—3122889

青山为四邻，白首无怨艾

——题记

苍山、洱海、大理城（大理州苍山洱海国家级自然保护区管护局供图）

施贵华巡山

荒山是我家，我要守好它。

施贵华

2023年.8月.22日

白马雪山（余江／摄）

余建华、余忠华与滇金丝猴

我的猴子好过，我也好过了。

余建华 2023.8.1

我没读过书，爹上了拐林局，但我不怪他也不伯媚，一辈子走他走过的路也没啥不好。

余忠华 2023年8.1

高黎贡山大树杜鹃（艾怀生／摄）

余新林、周应再一起观测植物

我憧景通过我们的努力，大树杜鹃开满高黎贡山，高黎贡重现豺狼虎豹的风姿。

余新林

2023. 7. 5.

我是行动队员，下辈子若有需要，我还愿意守着高黎贡山。

周应再

2023. 7.5

哀牢山生态站（李杰／摄）

左起：鲁志云、廖辰灿、熊紫春、罗奇在野外

无论在闹市还是深山，青春
终会度过。过来18年，我选择了
与绿水青山为伴。

鲁志云
2023.5.17

喜欢昆虫，热爱自然，保护环境。

熊紫春
2023.5.17.

无量山（唐云／摄）

张兴伟潜伏于长臂猿必经之地

这辈子我守了国门，又守青山，我觉得一样重要，神圣无比。

张兴伟

2023年5月

大围山（张洪科／摄）

张贵良（左）在林中作业

....

冲着大风山，寒冷洗未先生曾我来经扎拢
阿凡的趣况。迎关的山水，成曲心灵的故乡。

忆东风 2013.10.7

念湖人鹤共生（周朝祥／摄）

赵青宇、付庭进夫妻数鹤

....

长海子每年舞来六百的只鹤,每一只
都像我的娃娃.

赵青宇

2023.10.31

目 录

引子 "全国生态日"的欣慰

一

一千多人，这个数字是大还是小？

如果我跟你说，这是我们家亲戚的人数，你一定会张开大嘴感叹：好大的家族。

那如果我告诉你，这是人类曾经的总数，你还能说得出话吗？

我也不信，但万一这是真的呢？

前不久，央视新闻曾报道过我国科研团队的一项最新研究成果：在冰河期漫长的更新世，地球环境异常恶劣，极度寒冷持续了11.7万年，导致原始人类大幅度减少，最低谷时一度只剩下1280人……

很不幸，1280这个数字，几近归零，意味着人类曾趋近灭绝。然而对于现代人来说，最令人恐怖的并非数字，而是导致此结果的那个"冷"。众所周知，自从工业革命以来，全球气候变暖的趋势已经持续了一百多年。越来越热的可怕，我们都已深深领教并且还在领教，但谁能保证将来不再出现冰河期剧寒那样的杀伤力呢？

环境问题就是如此火烧眉毛，急到人类不及时行动就不安全，甚至有可能再次陷入绝境。

1972年6月5日，"世界环境日"在瑞典首都问世，中国代表团深度参与《世界环境宣言》的起草，还在联合国会议上宣读了经周恩来总理签署的中国环保纲领；1989年，《中华人民共和国环境保护法》在全球较早出台……东方大国，在谋求发展的同时，从来都以保护本国及全球的生态环境为己任。特别近年来，绿水青山理念统领生态文明建设，协同应对气候变化和生物多样性保护已成国策。

2023年，我们又迎来了首个全国生态日。

这是2023年8月15日晚，时钟指针正逼近今天和明天的临界，窗外的风释放出初秋的凉爽，仿佛在鼓励我熬夜。

全国生态日再次给以绿水青山为主体的生态环境贴上了无价的标签，正如一些媒体所言，这是美丽中国建设"具有鲜明辨识度"的重要举措，体现了"首创性、标志性、独特性"。

我个人的兴奋点在于，生态日是绿水青山的盛典，也是我刚在山中认识的那些平凡朋友之慰藉。我注意到，几个月来我认识的数十个守山人，几乎都在他们的朋友圈转发了有关链接，或辅以感言，或配发了自拍的野外照片……

毫无疑问，他们有资格如此。尽管他们的庆祝没有仪式，狂欢的场所和方式也远离奢华闹热，但已一波又一波地感染了我，令我也有一种置身其中的欣慰，当即打开电脑来写这个引子，将生态日作为这部书的文字起点。

二

中国是地球北半球生物多样性最丰富的国家，云南是中国物种最多的省份，是全球知名的"动植物王国""物种基因库"。

作为云南人，我对此的感知在有意无意之间，生活中常常体会到"身在青山里"的幸福感，2022年开始对云南生态环境有了较系统的认识。

时至今日，地球的年龄大约是46亿年，那其中浩渺的远期已经莫测。可知的只是，距今约8000万年开始，持续了7700万年左右的喜马拉雅造山运动造就了地球今天的基本模样。而作为那一轮天翻地覆的策源地的"近水楼台"，云南的地质地貌、气候物种、自然风土被一次性设置，留下无穷无尽的奥秘。2022年，在编写命题图书《云南三江并流》时我了解到，喜马拉雅造山运动首先在滇西北布局了一系列大山和金沙江、澜沧江、怒江等大河，造就了地球独特的山水平行、三江并流奇观，成为无数植物的原乡、众多动物的避难所、生态系统荟萃地与生物多样性宝库……2002年，经联合国教科文组织认定，三江并流成为中国当时最大的世界自然遗产。

以三江并流等区域为典型，云南以占全国4.1%的土地面积，绝无仅有地分布了八大气候类型、多种生态系统结构，堪称地球生态的一个缩影，记录有2.5万个以上的物种，是中国各省份之冠，而且诸多物种的数量均接近或超过全国的一半……时至今日，就生态价值而言，云南显然已非云南的云南，而是中国乃至世界的云南。

天生丽质或许便是如此吧，但另一个问题也因此无法回避：仅仅是天生就能保持山青水绿吗？

答案早已有之：每一座青山的存在，都少不了有人在守护。2022年，我偶然看到三江并流遗产地几位护林员的资料，便感到他们身上有特别的故事。一个想法因此产生：能不能为这个一直存在、对于外界来说却形同隐者的特殊人群写点什么呢？

这个想法突如其来，又仿佛蓄谋已久。

三

云南有土地面积39.41万平方公里，其中94%是山地和高原。那么多的山，差不多都有人在守护，我该去哪里、采访谁？思来想去，在云南21个国家级自然保护区、38个省级自然保护区之中，我选择了"国字号"自然保护区中的三分之一进行了调研和采访。

7座山。

苍山紧邻著名旅游城市大理，是横断山脉与滇西高原的过渡带，生物多样性突出，在国内外甚是著名；白马雪山地处云岭山脉的核心地段，是地球上灵长类动物分布的最高山脉，是中国野生动物旗舰性物种之一滇金丝猴的主要栖息地；高黎贡山是北半球最长的南北走向山脉，被列为三江并流世界遗产八大片区之首，是中国西南边境的生态屏障；哀牢山纵横如云南腹地的卧龙，被称为云南最重要的地理分界线，设在山中的中国科学院哀牢山生态站是探测动植物奥秘的重要窗口；无量山以浑厚得名，珍稀植物遍地，是世界上长臂猿种群最大、保护得最好的山脉；大围山被红河绕膝，自成热带、亚热带两个气候带分界，被誉为"北回归线上的明珠"；乌蒙山磅礴阳刚，是云贵高原的脊梁，会泽黑颈鹤国家级自然保护区是其主峰地带人与自然和谐共生的福地。

都是典型的青山，保护者常年驻守。

2023年5月起，霜白已染双鬓的我重操多年前当记者时的采访旧业，逐步走向计划中的行程。

几座山下来，我已和数十人相遇。他们中以护林员为主，还有基层保护机构的干部职工、动植物科研工作者、投身环保的山区原住民、环保志愿者、摄影爱好者等。我统称他们为"守山人"，与他们就山岗、草甸、路边、简陋的护林站进行交谈。我眼中的他们朴实平凡，不是太阳不是月亮，也许连路灯都算不上，而只是自带照明、自然集群的萤火虫。我开始想象我即将铺开的文字应有的样子：细微，融化听惯见惯的概念；客观，替代自以为是的议论；眼角的潮湿，滋润键盘和显示屏的干涩……

时间不早了，还有护林员在发朋友圈。他无链接、无图片，简简单单只摆放了这样一句话："明天继续与大山约会。"他是我采访过的一个合同制护林员，跟我说过"单靠这个无法养家"，因此有过换工作的念头。或许，正是八月十五这个特殊日子促使他选择了坚持？

我没随意在朋友圈点赞，而是打开他的聊天页面，问了声好。

他回复极快，我便也要睡了。接下来的日子，我决意与时钟赛跑，继续与守山人约会。

第一章　苍山离红尘如此之近

坐落在云南大理的苍山，这些年名气越来越大。

苍山视洱海若女儿，近"嫁"坝子东边，看护在视野中。山水相映，构成全国仅有的山水齐名、国家级自然保护区与风景名胜区于一体的胜地，悠久于历史，遍布于典籍，在影视作品里姹紫嫣红。

苍山视大理城若儿子，留置"膝下"，一半古城，一半下关，融传统与现代于一身，山水之间成玉树临风，风花雪月秀风华绝代，物华天宝造云南第三大城市。

2015年1月20日，大理市湾桥镇古生村，一棵有着数百年历史的大青树下响起习近平总书记洪亮亲切的声音："我是第一次来大理，从小就知道苍山洱海，很向往。看到你们的生活，我颇为羡慕，舍不得离开。"专程前往大理视察的习近平总书记夸奖大理是留得住绿水青山、记得住乡愁之地，亲口嘱托在场的人："云南有很好的生态环境，一定要珍惜，不能在我们手里受到破坏。"

自然的造就，历史的垂青，国家领导人赋予的殊荣，让苍山成了闻名天下的青山，钟爱它的远远不止生活在周围的百余万居民，还有熙熙攘攘、源源不断的观光客。对此，许多大理人都自豪地说，我们这里没有淡旺季之分，只有旺季。2023年初，温暖现实主义题材的电视连续剧《去有风的地方》播出，再次把苍洱之间的清朗宜人之风吹向世人，大理在剧中犹如未来美丽中国的一处缩影，夺亿万人眼球。一时间，出游大军掀起的滚滚红尘缠绕苍山，旅游业唯有火爆二字可形容。

2023年8月21日，我从昆明坐上动车，喝了两杯茶，发了一会儿呆，似乎须臾之间，人就站在苍洱之间，像一滴水，滴落大理古城密集人流汇成的河流。统计数字告诉我，仅2023年1月到7月底，大理已接待国内外游客3888.68万人次，平均每天接待18.5万人次，眼下这个暑期，单日客流量已达到20多万人次。

大国盛世，客人云集，与大理人同享绿水青山，令人乐在其中。到过大理不知多少次的我，这次却只能压抑住内心的痒，仰望着不知仰望过多少次的苍山，快步走向城市角落和密林里的那些守山人。

一、大隐隐闹市

2020年春天，湾桥镇古生村那棵有着数百年历史的大青树树叶逐日枯黄。

2021年夏天，古生村的大青树又复郁郁葱葱。

这是怎么回事？有一个人最有发言权。

2023年8月21日，汽车在大理古城的街巷、在游客的缝隙中拐来拐去，好不容易才到达门上悬挂"大理市林业有害生物防治检疫所"牌子的僻静小院。所长张佐柱说，他们所的两分地是古城的另类。

老百姓口中的"大青树"，正式的中文名称叫黄葛树。2020年春天，春节都过去好些日子了，古生村的村民发现，村间干道上那棵种植于明朝的黄葛树不但不见发新芽，原本四季常绿的树叶也次第变黄，不断往下掉，整棵树就像病人一样面黄肌瘦。看到"心头肉"变成这个样子，家家户户急了，各级有关部门也急：连这棵古树都保护不好，岂不是要愧对习近平总书记的嘱托？张佐柱临危受命，蹲在树下反复研究了几天，断定古树的病因是"年事已高"、吸收不良，需要赶快救治。何时救治？如何实施？要回答这些问题，在当地没有谁比他更权威，也就是说，在决策上他没有谁可依赖。时不我待，一咬牙，他勇敢地拿起了"手术刀"。2020年5月26日，两辆吊车并赴现场，上面清除枯枝，中间切削陈腐的部位并作防腐处理，还清理了树根周围的杂草，疏松了泥土。这个过程被众多村民关注、监督，被张佐柱称为"一台开放式的外科手术"。

随即，救护组用几天时间，使用根动力、微量元素、茎根防腐剂等药肥，对古树施行了人工吊瓶点滴输液措施。接下来的日子，张佐柱的心也如晃悠着的吊瓶，隔天便要到古生村"查房"，观察大树的长势……一年后，在认定自己的治疗方案已获成功之后，他在给上级有关部门的"关于湾桥镇古生村黄葛树抢救性保护救治复壮实施情况的报告"里报捷："2021年6月5日对古树实地监测，发芽率已达30%，10%的芽已抽开新叶；6月15日再次实地监测，发芽率已达99%，95%以上的芽已抽开新叶……"

事后，许多知情人都朝张佐柱竖起大拇指，说他是艺高人胆大。张佐柱欣慰之余也不掩饰后怕："你不知道，当时那两辆大吊车开到现场，我心中也打着鼓，现场有的人则脸都被吓绿了，问我有没有百分百的把握。我说，你见过哪个医生能打包票让病人痊愈吗？"张佐柱选择了"动"，也做好了救不活大树被撤职的思想准备。他很清楚，动总比不动好，若不作为，那棵大树必然难以存活。

张佐柱不是凭空乱来的人，他有经验。早在2002年，大理市喜洲镇的两棵古榕树就遭遇了同样的年老体衰。喜洲是中国名镇，村村寨寨都有一两棵大榕树，那是全村人日出而作、日落而息的傍依。张佐柱的母亲是喜洲人，他童年最大的快乐便是去外婆家玩，在喜洲大榕树的枝叶间"躲猫猫"。大树病了，他比谁都焦急，先后进行了上百次配方实验，在大理州第一个给古榕打"吊针"。只是，树体太大，"吊针"收效甚微，他又将目光转向大树根部，清腐，用药，给肥。白天折腾不说，为了不呛到行人，好些个夜晚他带人爬上大树，一枝一枝往树叶上喷洒进口药剂……每棵要六七个人张开双臂才能围得过来的大树就那样慢慢恢复了生机。从那以后，张佐柱不经意成了大理古树救护的首席医生，大理州凡有衰弱的古树便少不了张佐柱团队的把脉问诊，在村庄、寺庙、校园、公路边，他一双妙手先后让一百多棵古树回春。

张佐柱救活过一百多棵古树，但这只是工作的一小部分。他更大的用武之地在于苍山茂密的植被和关乎民生的经济林木、农作物的病虫害防治。其中，2006年开始的那场苍山森林有害生物阻击战才是他人生最壮丽的一笔。

那年，苍山的森林前所未有地遭受了一种名为松纵坑切梢小蠹的外来生物入侵，两万多亩山地绿树萎靡不振、命悬一线，如果不及时加以控制，整座山的树木都有可能被感染。刻不容缓，大理市在各方支援下组建了云南省第一支林业有害生物防治专业队，兼任队长的就是张佐柱。他带着这支尚缺乏实战经验的队伍，常年奋战在苍山之中，向森林"望闻问切"，对受灾林地采取大面积的生物农药和生物防治，对受灾严重、病入膏肓的林地进行人工砍刨、局部烧毁根除……各种办法摸索使用，大战整整进行了6年多。同一件事，漫长的劳作，张佐柱有家不思归、有饭不知味。他长期坚持蹲守，密切监视外来生物的消亡过程，仔细洞察野生林木的恢复情况，不停调整和实施对策……如今的苍山早已恢复翠绿，而他的阶段性监测还在进行。如果不是这次采访，谁又会想到眼前高大神秘的苍山曾有此劫难呢？中专毕业的张佐柱因此在2014年、年满50岁的时候获得原国家林业局认定的"首批全国最美森林医生"称号。

张佐柱的办公室十分拥挤，墙上挂的，桌上堆的，文件柜里放的，全是有关树的资料，密密麻麻的文档、图片布满他的电脑桌面，那是上了点年纪、眼神和记忆力开始退化的人使用电脑的一个习惯。是啊，就快要退休了，可张佐柱手里还有数不清的树木和课题，让他觉得时间不够用、脑子不够用、精力不够用。检疫所的一位同志告诉我，若不是外出去现场，老张每天总是很早上班、天黑还在办公室折腾，他眼里只有工作没有家人，只有树木没有小院外的红男绿女。

张佐柱态度坚决地邀请我与他一起吃午饭，甚至揽着我的肩膀不让走，说利用吃饭时间还可以跟我讲许多事，说他们这个藏在大理古城中的小院子很少有人进来，尤其是做采访、写文章的人。我感谢他的一见如故，理解他的口若悬河，知道他的客气不含半分虚伪。在街头，大理古城的每一栋老屋都被不断路过、张望，苍山洱海间的空气阳光被尽情吸纳夸奖；在室内，即使是在嘈杂的医院上班，坐着开处方的医生也能被病人和家属仰视。可张佐柱呢？他寄身闹市若隐士，他的"病人"是不会移动、沉默无言的树木，他的荣耀只是大地间的春芽、秋叶与花朵。他虽不是苍山一线的护林员，却是这座青山不可缺的一名守护者。

说声"以后一定有机会"，我告别了张佐柱，因为大理市太和街道荷花社区的护林队长李奇已经在苍山的坡脚等我，他坚守了23年的地方叫一点红护林站，听来蛮浪漫。

一点红就在城郊村庄的尽头，离大理市主城区下关也就6公里的样子，离李奇位于荷花村的家则不到4公里。然而，世界上最遥远的往往不是空间距离，而是心的倾向。李奇从小就听大人说一点红很"乱"，因此很少涉足。2000年，村委会决定让37岁的李奇参加护林队，他步行上来看了一眼，一点红护林站果然是"一点红"，几间简易的红砖房与村庄保持距离，独自掩在荒草中，再往上就是陡峭的苍山山体，冷风直来直去，吹得人发慌。李奇没说什么，但心里有情绪，想干几天再说。他背着一套铺盖，把自己从家里"赶了出来"，到岗不久就发现一个天大的头疼事：护林站所在地仿佛人间与大山的接合部，遍地枯草，是春节、清明节等节日人流集中之地，也是年轻人酒后发泄情绪之所。怕火，而火种难禁。

就一个春节假期来说，附近村的老百姓不仅有燃放鞭炮烟花的习惯，还保有除夕夜"烧头香、接头水"的习俗。为图新一年吉利，许多人在大年初一凌晨都要步行到附近的宝林寺"烧头香"，然后再到苍山十八溪之一的阳南溪"背头水"。夜黑风紧，人流一旦入山，鞭炮声便此起彼伏，到处游移着照明的油灯、烟火，让李奇等人紧张得毛发一根根直立。清明节就更麻烦了，那时国家还没实行农村丧葬制度改革，附近几个大村的老人去世以后都要送到这一带下葬，所以护林站周围都是坟地。埋的是逝者，上坟的又多半是上了年纪的人，叩头敬饭、燃香烧纸，程序复杂，一丝不苟。事关民风民俗，无法一禁了之，只能陪伴、蹲守。所谓护林，防火就是头等大事。越是别人欢乐闲暇的时候，李奇他们越要将仅有的人手布置在左右近十公里宽的区域，来回奔走。过年不分白天夜晚，清明节要巡逻到太阳落山人流散去，还得进入墓地，查看香火有没有熄灭，纸钱有没有燃尽。胆小的人，想想就会腿软。

再说违规进山的年轻人，那些年更是一年四季不断。村里的娃娃发生了矛盾，会悄悄约着上山解决；外来的游人有好奇心重的，也会自行上山。都是年少无知或不了解情况的人，到山里抽烟喝酒，有时还会用干树枝生起一堆火，李奇他们尾随、劝返，言语稍有不慎就会发生冲突。某年一个冬日，值班的李奇发现树林里冒起了火烟，跑步上去，看见两男两女围着柴火有说有笑。出于职责的敏感，他直扑火堆，以最快速度灭火，又用石头、土块掩埋。整个过程，几位年轻人一言不发，直到李奇喘了口气，抬眼去看他们。两个小伙子大概是想在女朋友面前逞能，竟然一左一右向他逼近。要不是女孩们拉着，李奇那天或许就要挨一顿打。

2003年，李奇当上了护林队长，觉得总按老办法守山，吃力而效果不好，他开始布置人手，把守入山的每一个路口，尽量劝返游人，实在拦不住人就反复告诫，严禁带火种上山。如此冲突就更多了，每一个想进山的人都有可能把你当"敌人"。这样坚持了几年，宣传起了作用，习惯慢慢成了规矩，但李奇脑子里那根弦还是无法放松，哪怕后来条件改善，主要路口设置了监控、一些路段安装了铁丝网，他还是紧张，见到来人就会下意识地观察人家的牙齿，揣度他抽不抽烟，还巴不得变成个飞虫钻到人家衣袋里，看里面是否藏着火种。

本想"干几天再说"，李奇不知不觉就在城市边缘"潜伏"了23年。除了防火，他还做了很多事，包括辖区住户的反复走访、老坟主的登记造册、森林病虫害的观测防治、带领护林员补树造林等等。背对闹市，他也有一双"妙手"：10个指头在我眼前伸开，张嘴就数出10个路口的小地名；一只手再伸一次，又数出5个路口。他的辖区共有15个路口，每一个都被他牢牢握在手心。年年节假日和寒暑假旅游高峰，他都瞪大眼睛24小时在岗。尤其是春节，23年23个除夕夜，他没有跟骑摩托10分钟就能见到的家人团聚过一次。偶尔在大年初一抽空回家看一眼家人，小孙子在家门外见到他就大声报信："老野人回来啦。"而除夕夜不能回家还不准喝酒，李奇和他的护林员们总是将简单的年夜饭摆在地上，过去打开对讲机，现在打开手机视频，几个卡点的弟兄每人抬一杯饮料，大声同庆，互相鼓励，半小时内吃完，再人手一件军大衣散到野外……

李奇的辖区23年没发生过火灾、盗伐，树林越来越厚，"刚来时上面山跑只兔子都能看见，现在怕是有头大象路过都也看不见了。"不久前，已满60岁的李奇已接到村委会通知，说护林站一时离他不得，要他继续干下去。拉开抽屈，他的办公桌里藏着好几张奖状，最牛的是那枚"全国绿化奖章"。他跟我说，反正也干了一辈子，再干几年不嫌多，离开的时候，他将"除了奖状什么也不带走，除了脚印什么也不留下"。

二、抱团成铁壁

2023年8月22日，晴。汽车出了下关城，经过苍山南坡的大保高速公路前往西坡的大理州漾濞县漾江镇上邑村。之所以选择这个点采访，是因为该村距苍山保护区的红线只有几公里，涉及林地面积相对较大，苍山保护工作压力大。

也许是错觉，苍山西坡似乎没有东坡那么陡峭。一眼看去，村庄里的果木与苍山上的林木不分彼此，让村里的房子悉数躲在绿荫里。上邑村的护林队长施贵华告诉我，他们早已把村庄当成苍山的一部分，他当护林员就等于保护家园，想尽办法也要坚持。

1966年出生的人，在村里已经算是"老倌"，但施贵华走起路来依然风风火火。我顺着他的话追问："当护林员挺好，为什么要想尽办法才能坚持呢？"他回答："因为有许多困难要面对。"通过他的叙述，我俩将他的办法总结为"一波三折上山，眼观六路巡逻，不论彼此防火"。

"一波三折"当然跟水有关，指的是每天上山和下山的路。青山生绿水，苍山盛产溪流，东坡有著名的18溪，西坡的溪流则多达23条。施贵华每天上山护林，首先要骑上摩托，狂轰油门40多分钟，然后停下车，再步行一两个小时才能到辖区，来回途中必经两条溪水。10多年前，他刚参加护林队的时候并不会骑摩托，每天靠双脚，单上山就得走数小时，费劲不说，时间耽误不起。那就凑钱买车、学摩托吧。新手拿到驾照就沿着上山的毛路骑，油门小了上不去，油门大了会翻车，施贵华不知摔了多少次，才像骡子上山一样找到感觉。每次摔跤，他不心疼自己，更担心借钱买来的摩托被摔坏，这护林员没法当下去。他绕不开的两条溪，他们都叫"河"。雨季水最大时可以没胸，旱季水深也有好几十厘米，落差大，水流急，人一进入水就会往身上涌。他们过河，每次都要脱得只剩裤衩，将衣服、鞋子和挎包举过头顶，冷不用说，水沟里非常滑，要保持"投降"的架势还得猫腰赔小心，每次都像马戏里的小丑一样滑稽，窘迫的程度因季节不同而异，一不留神失足，那一天就要过穿着湿衣服凉透心的"好日子"。

"眼观六路"比较好理解：他们的辖区大，管理面积超过3.3万亩，单靠两只脚去走是完不成任务的，眼睛、耳朵甚至鼻子都得动起来。特别是早些年，一再严管，也总有人眼馋苍山质地上好的大理石，偷偷摸摸的采伐时有发生，有的人甚至形成团伙，分别负责放哨、动手，闻到护林人员的踪迹便逃跑。施贵华上山，总是怀揣喷漆，眼睛不停观察，遇上平整的石头就喷上警示标语。有几次，他发现一些石头上除了他的喷漆还有别的标记，知道那是盗采分子的暗号。没有别的办法，他只能每天提早上山，蹲守到很晚再走。还真有一天，在巡逻途中，他突然下蹲，侧着耳朵倾听，接着又起身，撒开腿就跑。他的同伴还不知怎么回事，只好也跟着跑，几个违法采石的人就这样被抓了现行。对方见到他们就像老熟人那样热情地打招呼，施贵华不吃那一套，立刻登记对方的身份信息，掏手机报告，启动处理程序。见钻不到空子，对方的笑脸立刻变成黑脸："山不转水转，你们也要小心，别为了几块石头害了自己。"

对防火"不论彼此"，施贵华的解释是，苍山只有一座，不管是耕地还是林地，不管是不是你的辖区，出现火情隐患你都得扑上去。在漾濞，不少老百姓至今喜欢烧地耕种。你管，他说他烧的是自家的地，你不管，难说就要酿成一场大灾。很多次遇到这种情况，施贵华就跟对方磨耐心。有的人拗不过他，口头上答应不再烧。施贵华走了一段路回头，看见身后又冒起了浓烟。他三步两步跑回去，灭了地里的火，跟人说："今天我就留下吧，你点一次我灭一次，陪你到明天都可以。"

施贵华说，老百姓烧地还好，起码有人看着，最怕就是野火。2023年5月天旱少雨，施贵华接到一个牧羊人的电话，说看见山里冒烟。尽管那天轮休，他还是放下手中的农活，骑上摩托就出发，还没到火点，他就知道那里并不是他的辖区。换个人，或许是可能视而不见的，但施贵华没有半分踌躇。在完成电话报告后，他只身扑进火场，观察了一下，火势还不算大，但只靠自己一个人绝对搞不定。想起电影里单打独斗的游击队员，施贵华也决定智取。他把自己变成一条蛇，哪边的火舌长就扑向哪边，哪里的草丛深就防范哪里。在"游击"过程中，他心中只有一个念头：祈求老天别刮大风。他很清楚，一旦刮起大风，火势便不是区区一人能控制，弄不好自己也会被烧成灰……也不知自己坚持了多久，他成功将火情控制在了几百平方米范围内。增援人员赶到，他们一起扑灭地上的明火，又连夜摸黑清理厚度将近一米的腐叶，追踪暗火。之后几天，为杜绝复燃，施贵华嚼冷馒头喝凉水，与几位同伴日夜轮流蹲守在现场。

谈了工作，施贵华也说了句实话，他觉得护林的收入与辛苦的付出不相称。我一问，他们村的护林员现在每月报酬到手还不到千元，确实少。然而钱少归钱少，施贵华也明确地表示，这份工作他永远不会放弃。

跟施贵华聊完，我还见到另一位护林员李万宝。李万宝是1971年出生的人，年纪也不算小了，2020年才当上护林员。他直言，别人戴着红袖套进山那份神气，以前让他羡慕了许多年。好不容易，他等到了空缺，还参加了考试，又经过村委会的严格考察，上岗是晚了些，但也算实现了人生的一大愿望。言谈中我了解到，他的女儿今年考上了公务员，儿子的大学录取通知书也飞进了家门，是真正的双喜临门。护林占用了他的大部分精力，不足千元的月收入又如何支撑他儿子上大学的开销呢？李万宝回答这个问题时不假思索："当护林员在村里有'地位'，这才是最重要的。至于儿子的学费，换在以前可能是个问题，但现在不怕了。我姑娘说，弟弟的学费她包啦。"

原来，不计报酬、更看重护林带来的社会效益已成全村的风气。

上邑村不简单，作为苍山西坡的一大门户，有两种"花"盛开村内外。山上，无边的林木茂盛，动植物种类繁多，是苍山之中生物多样性最突出的片区之一，单单杜鹃花就有六七种，构成了村里人口中万亩连片的"脉地大花园"，每年四五月份花开季节，便会有自驾游大军前来，最多时每天可至四五千人；村间，10个村民小组380户1438人"开着"汉族、彝族、白族、傈僳族、拉祜族、壮族等多种民族之"花"……杜鹃引游客，只会增加护林防火的难度。村大民族多，会不会因为文化、习惯而难融洽？上邑的特殊也是上邑的荣耀，上邑的荣耀也是上邑的挑战。

上邑村归属漾江镇，该镇副镇长施文杰特意赶回村里接受采访。他给我的第一印象是随和、淡定、干练。他从小家境差，母亲是一级残疾，家中曾因劳动力薄弱而生活困难。以我的经验，所谓穷人的孩子，要么奋发于苦难，要么无为于阴影里。施文杰显然属于前一种情况，他少年就被村里人看好，成年便扛起村医的担子。村人的信任培养了他的公心，从小面对的各种困难让他习惯了体贴别人。他曾让出本可享受的低保名额，还曾将上万元的危房改造补助让给了别人；他靠自己的勤奋和聪明，慢慢改变家境，慢慢成了哪家有困难都要找的人。2007年，他当选村党支部书记，把多民族的上邑带成了多次被表彰的先进村，而苍山保护工作就是其中最让他觉得骄傲的事情。

施文杰给我展示了一份题为"上邑村森林草原防灭火工作管理模式"的文本。我翻了翻，足足有七八千字，考虑周全，而且很有逻辑。且摘要如下：

两个首要——保护苍山是上邑村的首要，护林防火是保护苍山的首要；

两层分工——村委会成员及村民小组长有明确分工，每户村民也有落在纸质责任书上的分工；

两支队伍——经过严格选拔、培训的护林队伍，同样经过严格选拔培训的灭火、送水人及送水的骡马队伍；

两手抓——一手不厌其烦地抓宣传，一手不漏点滴地抓入山人员的登记、火种和盗猎盗伐工具的管控；

两种手段——传统的人力脚力巡护与入山路口、重点地区安装现代化监控设施相结合；

等等。

据说，他们的这个文本，每年都要根据实际情况作修订，严肃如本村"宪法"；同时在村级规章之下，各村民小组也都有更具体的书面办法。有了章法，还剩下一大半的路叫"执行"，而执行的关键就是"干部带头"。施文杰这个人，还没当支书的时候就习惯了奉献，威信当然就高，干起事情来冲在前面，管起人来谁都敢得罪。大凡节假日、防火季节，施文杰总是与村委会其他成员轮流带队巡山；即使不巡山的日子，他也24小时在村委会值班，遇有突发事件就出动。支书带头，村委会干部、村民小组长领先，村民跟上，苍山保护的一道铁壁在上邑村筑成。这份经验，已经在苍山西坡的保护中广泛推广，施文杰给我的文本，也是他应邀到别的乡镇乃至别的县传授经验时的"教案"。

不得不说，这样的全村一千多号人如石榴籽抱团，让我充分感受到了农村最基层组织的得力和人人参与所共同产生的力量。也许这就是整座苍山动植物越来越多、生物多样性特征越来越突出的秘诀之一吧！

还不得不说，施文杰以一个农民、村支书的身份，2022年1月被破格提拔为副镇长。他告诉我，上邑村委会像他这样被提拔的村委会成员还有3位，一位当了县妇联副主席，一位当了镇党委委员，还有一位进入了县林草局。他还告诉我，上邑村委会现在任上的4位成员都通过上级的培养，拿到了云南省开放大学的本科文凭，上邑的自然保护工作在全县范围内继续保持着先进。

多么神奇的苍山西坡，多么厉害的上邑。

三、军人天性

2023年8月23日，阴，大雨。汽车沿漾濞坝子北行，慢慢进入苍山西北部的洱源县境内，到达洱源平头山草涧山林业管理所。我下车一看，一个有围墙的小院，两栋矮房构成直角，躲在遮天的密林中，除了雨声便听不见别的声音，也看不见村庄。

显然，这是个极其偏僻的地方。

所长苏振国个头高大，一身蓝色的工作服。他的微信名"五岳独尊"，仿佛将他的老家山东泰安写在了脸上。那是他心怀故土、思念泰山的情不自禁吧？一个人离开家乡30年，思念不渗入骨头缝里才是怪事。

苏振国的经历非常简单：1975年生，1993年入伍到云南，2006年转业到洱源县护林至今。当然，他的心路就要漫长得多了，东聊西聊，我才慢慢打开他的心门。

当过兵的人许多都会终生保持军人的思维和行为习惯，苏振国极其典型。他服役是在陆军部队，先后立过二等功、三等功，还先后获得过"优秀士兵""优秀班长"奖章。这些荣誉是每个军人的梦想，却不是轻轻松松就能拥有的，部队给予了他高度的肯定，也在他身上打下了军人的铁烙印。2006年，他以士官身份转业，在组织给出的四个单位中，他毫不犹豫挑了最偏僻的洱源县罗坪山林场，原因是爱人的老家就在洱源。而在选择之后，军人的自觉天性带给他的不是自信而是忐忑。他觉得自己一无专业知识，二无护林经验，加之听不懂洱源方言，非常担心工作干不好。

带着如此念头报到，苏振国投入的是身心的百分百。他白天跋山涉水熟悉情况，晚上恶补林业知识，比谁都用心。几年后，他被上级任命为场长，2012年又调任现在的平头山草涧山林业管理所任所长。他觉得，与故乡的泰山相比，云南的山因气候类型丰富而显得生物多样性更加突出。这样一比，迷恋便成了自然，他不经意就把林场当成了哨所，把自己当成了不可须臾分神的哨兵。除了日常的防盗伐工作，他们旱季防火，雨季栽树，一年三百六十五天似乎总有做不完的工作，总把他的身心绑在山中，家庭的概念不知不觉就被弱化了，天平因此失衡。他身在山林，有家不着家，妻子认为"靠不着"，从抱怨到绝望，撇下他和6岁多的儿子，于2009年决绝而去。憨厚的苏振国被婚变弄傻眼了，别的好说，孩子咋办？望着一天天长大的儿子在茂密的林间奔跑，与周围的树渐渐融为一体。苏振国仿佛看见成千上万自己的孩子，分不清他们是动是静，分不出他们亲疏远近。这一刻的决定仅用"艰难"二字是形容不了的，唯有取"众"舍"寡"，为了众多的"孩子"而委屈亲生的儿子……就这样，他拨通了向母亲求助的电话。电话里，疼他的母亲说："把娃送来泰安吧。"之前，父母是来过云南的，辗转数千里来看儿子，进到林场母亲就哭了："娃呀，咋就选了这样的地方呢？除了林子还是林子……"苏振国告诉我，当年二老过来时正值旱季，他不敢离开林场，是姐夫主动将老人送来、接走。后来按母亲的吩咐要送儿子去老家，苏振国还是不敢离开岗位，只好再请姐夫帮忙……

我说："老苏你也忒狠了，这么重要的家事，就不能请个假吗？"

苏振国说："不就是怕来回山东路太远，几万亩林子，出点什么事情一下子赶不回来嘛，所以我……"

所以，苏振国一直"狠"。当着个小所长，旱季防火、雨季巡山植树，再有闲时，职工的生活、站点的完善……天天总有做不完的工作、操不完的心，不但鞭长莫及，照顾不到年迈的父母，自己的儿子反而依靠父母照顾。在山东上小学，父母不在身边，老人管不住，儿子日渐顽劣。苏振国为此天天头疼揪心。一年级熬完，母亲亲自打来电话，要他去接走。老人的心思，无非是想念他这个儿子，想逼他就此回老家一趟。苏振国不是不懂，但是军人的责任感、身上的担子牢牢捆绑住了他的脚步。他没回去，他淘气的儿子，依然是姐夫大老远帮忙送回来。

儿子回到洱源，总得还要上学吧？离管理所最近的乡村小学在十多公里之外，孩子送进去只能住校，每天饥饱未知不说，见一次爸爸最少要一个星期。有时忙起来，苏振国半个月、二十天才能顾及儿子……说到这里，他眼睛红了："我确实对不住亲人，尤其对不起孩子。"我深以为然。他儿子7岁去山东，一口云南腔，好不容易适应了那边的口音，也几乎忘了洱源话，却又要回来。那一去一来，环境、气候、老师、同学，没有一样相同，幼小的心灵面对如此大的转换，实在不易。

苏振国失去妻子，亏欠了儿子，还"忘记"了父母。2017年，父亲患上重病，卧床不起。电话里他问这问那，回家的步伐却屡次不得迈开。等他终于赶到，老人已驾鹤西去。苏振国说，那次回老家，其实是他转业洱源17年仅有的一次。他的母亲，如今70多岁了，一个人在老家生活，活得坚强，活得凄清；他的儿子今年21岁，一个人在广东打工，年轻的生命继续承受着漂泊的酸楚……苏振国这辈子，背对泰山面向苍山，背对家人面向工作，在生活里似不近人情，在工作上永远是优秀的"班长"。

身在林管所，我自然没放过到树林里走走的机会。小雨犹在绵绵，却被大树遮挡，几乎落不到身上，落叶、松针铺满林地，踏上去舒服无比。几朵青头菌映入眼帘，我俯身捡起。老苏笑笑："你们云南的菌子最挑地方，生态不好它不长。我们所周围的菌子，半小时就可以拾满一个大塑料袋，根本吃不完，这是我们这些守林人最大的欣慰了。"我们接着说起所里的其他人员：5个正式职工，8个聘用人员，聘用的都是附近村里人，白天上班晚上还可以回家；正式职工除了一位家就在附近，其他包括自己在内的4人都是外地来的，在站里都是单身汉。说着说着，苏振国突然站定："对了，刚才忘了讲，他们仨都是转业军人。"

不巧，他说的3位都不在站里。我当即结束了悠然的漫步，和苏振国一道坐回小屋，一一接通杨立成、张海峰、杨桂香的微信语音。三位转业军人，我们在电话里一共聊了两个多小时。

杨立成认为，人不管干什么工作都需要知识，守山也是。以此为准则，他觉得自己这辈子最重要的关键词就是"学习"。

1995年，杨立成在洱源县城读完高中，被大理师专录取。临报到前，行李都收拾好了，他又说"不读了"。理由只有自己知道：读师专意味着将来要当老师，他觉得自己"不是那块料"，怕误人子弟。当年年底，他大踏步入伍，兵种是消防武警，似乎暗示了这辈子离不开防火护林。在部队，杨立成总是有空就找书来读。三年的军人生活，大部分战友都觉得训练太忙、时间太快，只有他捏稳了时光，充实了一肚子知识。他志在军校，那是他从小的向往。报了名，上了考场，也考上了。喜滋滋准备重返教室，他的名额却没了。凄凉，无奈，他只好仰天一笑，转业回乡。

在林场，学习依然是他觉得最紧迫的事。刚到所里时，他认定实地观察是尽快熟悉工作的最好办法，集体巡山每次都少不了他。有一个周末，同事都休息了，他就想一个人去看看辖区最远处。清早出发，直走到下午，看完边界，才发现自己很饿。他在林子里找到一棵野樱桃，便摘来充饥。野樱桃酸涩，颗粒又小，嚼到胃里有点感觉时，他才发现自己吃樱桃吃了半个多小时。转身赶路，胃里叫个不停，像是在抗议他胡乱进食。

2003年，杨立成通过自学取得党校的大专文凭，阅读重心立刻转向林业专业知识，并在几年后拿到第二个函授专科文凭。多年的学习积累不是拿来玩的，杨立成记得刚来的时候，林所辖区的树木大都只有半人高，一只羊走在里面都能看见，到今天大树林立，连山体都变大了许多。那正是他们科学护林有方，还结合土质、海拔高度等因素大量造林的结果，让辖区的森林覆盖率罕见地达到了96%以上。2010年，大理州要在林区建设一个防火水库，不得不砍掉一些树木。杨立成不满意专家的计算方案，认为砍树偏多，便自告奋勇，再次计算了库容和最小砍伐面积。他的方案最终被采纳，心里实实在在开心了好几年。

2021年，杨立成获得了林业工程师职称，眼下他正准备投入专升本的学习。我问他为什么当年不一口气学完，电话那头的他踟蹰了片刻才回答："家里出了些事情……"

杨立成说的事情，准确讲应该是不幸。

杨立成的岳父岳母都是土生土长的农民，妻子也没工作，家里的经济状况本来就不好。2013年，陪伴他12年的妻子被查出直肠癌。本地的医生都说已到晚期，无救了，做丈夫的却不肯认命，带着妻子便前往昆明。半年多时间，他让妻子享受了全省最好的医疗，当死别到来，债台也高高筑起。2016年，他的岳母入院，查出病因是造血功能丧失，在医院全靠输血维持生命，花起钱来犹如将钞票扔到火中那般快速。2017年，岳母的后事刚结束，岳父又病了，而且也是癌症。杨立成不怨命、不屈服，只是积极为岳父治疗。因发现较早，治疗及时，岳父挺过了鬼门关。但在挨个搀扶三位亲人与病魔斗争之后，杨立成身心疲惫，负债最高时多达上百万元。

我听下来，杨立成人生的第二个关键词应该是坚韧。不管生活的磨难多大，他始终没放弃对亲人的竭力挽救，更没放弃或影响工作。有做生意的战友见他困难，劝他辞职出来一起干，他没动心。他不但坚韧而且乐观，说他这些年与女儿相依为命，眼看女儿就要长大独立，债务在他的努力下一天天减少，生活的曙光就要到来，他将有更多的精力投入到林子里。

毛姆说过："一个人能观察落叶羞花，从细微处欣赏一切，生活就不能把他怎么样。"此言适用于苏振国，更适用于杨立成。

杨立成1998年转业到这个林管所就没挪过窝，张海峰也是。他俩的"所龄"比所长苏振国还长。

张海峰跟森林有个"赌约"。他记得那是刚报到时，他们所还设在下面的山洼里，没通电，没有手机信号，想回家一趟也很难。有个周六他梦见母亲，猜想老人是想儿子了。第二天一早，他带着手机上山找信号。爬的时候没问题，总归向上去就是。等在山顶跟母亲通完电话，却根本找不到下山的方向了。他一个人在山里转圈，转来转去转到一个更陌生的山谷里。站里的同事见他久久未归，相约来寻，找到人时他已偏离站点10多公里。张海峰心想，我一个野战部队转业的兵，竟然在家乡的山里迷路了，这说起来多不好意思啊，就不信拿个十年二十年还熟悉不了这里的地形……

张海峰认为在部队学到的是成熟自信。他记得20年前有一次巡山，途中听见斧声，找过去就发现有人偷砍。鉴于偷伐刚刚开始，还没造成损失，他们只是制止了对方，并不打算进一步追究。对方却一下子邀约了数十人围攻他们。张海峰一看，都是附近的村民，舞刀弄棒，虚张声势，凭自己野战训练的经验，只要抽空撂倒一两个，其他人就会软下来。但他没那样做，而是耐心劝说。个别村民以为他们是害怕，更加气盛，步步紧逼。张海峰上前说："你们砍树是我第一个发现的，要动手就冲我来吧，我绝不还手，打伤了人你们负责医治就行……"一场冲突最终得以避免，张海峰心里有数，那时候保护观念还比较淡漠，老百姓偷砍树木大多属于生活所迫，只能引导，不能硬碰硬。

平头山草涧山林管所的4位转业军人，3位男性都是70后，唯独杨桂香是80后，还是女性。

杨桂香当兵，像自己心甘情愿走了一段"弯路"。1988年出生的她，大学毕业才21岁，学的艺术设计专业找工作也不难，却在2009年选择了当兵。

2010年10月，两年的部队生活结束，杨桂香转业平头山草涧山林管所。她坐了班车又步行，到老所区一看，一排小平房夹在两座山峰之间，没有围墙也没有步道，房子四周长满杂草，老旧的厨房在端头，墙上有裂缝，顶上漏着雨。当天晚上，杨桂香打着手电一个人去数十米外上厕所，看见数十条小蛇，密密麻麻在厕所门口聚会……所里的条件比兵营简陋得多，但杨桂香没有被吓着。因为所有的男同事都拿她当妹妹，让她觉得那不是单位而是个温暖的家。上班没几天，杨桂香跟着同事坐着所里那辆快报废的红色吉普车去巡山，路过一个村庄，一头公牛看见红车就玩命撞来，车身立刻颤抖，几乎翻覆。公牛得手跑了，几个人下车一看，被顶过的车门严重凹陷，都打不开了，庆幸没伤到人。同事们全都忙着来安慰她，杨桂香却笑了："别忘了，我曾是个女兵。"

杨桂香转业一段时间后，洱源县林业系统都知道平头山草涧山林管所来了个能干的女兵。勤奋的杨桂香似乎忘了自己曾是艺术专业的本科毕业生，这些年又通过自学取得了林业专业的大学文凭，还利用国家对转业军人的求学照顾政策，报考硕士研究生并取得了硕士文凭。我自然联想："文凭高了，你会不会趁机谋求换工作呢？"她说："好像从来就没想过，我还是喜欢我们的林管所。"

挂掉电话，我跟苏振国说："4个老兵和一片林子，你们的工作生活就像一部电视剧。"

离开平头山草涧山林管所，汽车下了山又往上爬，慢慢翻越苍山。两个多小时后，我们到达苍山东北部的洱源坝子。天色已晚，苍山群峰中最北的云弄峰羞羞地躲在厚厚的云雾中。大理州苍山洱海保护区管护局洱源分局张春松局长告诉我，云弄峰虽在北面，属阴坡，可这边的动植物却一点也不逊色，种类、数量都在逐年增加，偷伐、盗猎基本见不到，他们的工作深得周边老百姓支持。

苍山十九峰，峰峰都青翠。到了苍山最北端我才知道青翠的来之不易，沉淀了沧桑，灌注了心血。

四、凶险的搜救

山是高原的儿郎，名山是云南的"帅哥"。比如高黎贡山，它高悬怒江之上，云里雾里；又比如白马雪山，它前后左右纵横高山大川，自带难以企及的凛然。此行，我乘车从大理市区出发，过南坡，走漾濞西坡，越北坡向洱源，又沿着东坡往大理市区走。绕苍山一周，总觉得苍山保护区与别的山有所不同。

2023年8月24日上午，汽车行走在洱海东边的高速公路上。隔着洱海遥望，似乎觉得挺拔的苍山矮了许多，矮得与大理城密集的建筑比肩交织，似乎触手可及……这显然是个错觉，苍山离红尘太近，傍依名城、要道，高速、高铁、飞机直达。这错觉连我这个云南人都有，万千游客焉能没有？

错觉带来好奇，好奇引发问题。

记得头两天，在苍山西坡，苍洱管护局漾濞分局的张永珊副局长就跟我说过，虽然他们那边不是旅游干线，但不仅游客多，而且每年都有人私自进入苍山未开发区域。这些不速之客一旦遇险，管护局就得无条件联合相关部门营救。2017年夏天，他们接到一个山西游客的求救电话，说自己在从西坡翻越苍山的过程中迷了路，漾濞分局迅速派人登山寻找，无奈对方电话里只说了一句："我在山脊看见大理和洱海，有些激动，以为顺着溪水走下去就完事，结果就成这样了……我尽量在阳溪附近等你们吧。"可能是为了给手机省电，那位游客打完电话就关了机，几名搜救人员只好盲寻，用了整整两天才寻到他丢下的鸡蛋壳，最终将人找到。2021年5月，一位游客独自从大理出发，目标是苍山最高的马龙峰。可惜进山不久他便迷失了方向，从其他山峰翻过了山脊，怎么也找不到西坡的下山路。游客报警后，漾濞分局迅速组织了救援小组，扑入漫无边际的深林，用了好几天才在西坡一个叫"三岔河"的地方找到此人。好笑的是，救援人员赶到时，他正冒着寒凉，将自己脱个精光，哼着忧伤的旋律，咬着牙以溪水洗澡。他解释说，自己迷路已经几天，吃的没有了，信心也崩塌了，绝望之下打算洗个澡，准备要"干净就义"。而当救援人员问他为什么要只身犯险，他的回答更是令人啼笑皆非："一个朋友讲，我要有本事一个人登上马龙峰，回去他就请我吃龙虾喝洋酒……"

类似的事情，热闹的东坡会不会更多？回到大理，我的这个念头在大理州苍山洱海国家级自然保护区管护局唐苍仁副局长的口中得到了验证。唐苍仁说，苍山洱海既是国家级风景名胜区，又是全国唯一连接中等以上城市的国家级自然保护区。便捷的交通降低了将好奇心付诸实践的成本，导致无数游人、闲人违规进入未开发、开放区域。同时，苍山山体浑厚，地形复杂，看似可亲可近，实则野性十足，不同海拔对体力、视线、听力等的影响和消耗不一，不了解情况的人乱闯，难免迷路，若体力不支，一旦被困就很难自救，必须营救。唐苍仁感叹："我们要履行保护职责，还得随时联合相关部门救人，这便是我们局最特殊的头疼事。"

经介绍，我于当天下午在苍山景区的索道起点站旁边找到了李雄军。李雄军曾是苍山管理局下属机构的员工，现任苍山旅游开发公司治安巡防二队队长。他听完我的来意便摇头苦笑，说他的工作职责本来是巡查巡逻、维护治安、森林防火等，这些年治安案件稀少、防火工作也很平稳。但因苍山在大理纵面宽阔，违规进入防不胜防，营救遇险游客反倒成了他的一项主业。

苍山层层叠叠，最高处海拔4100多米。入山营救，话是一句，次次千难万险——

2020年10月31日

5名外省来的登山者自以为准备充分，私自组队向苍山五台峰攀登。上山似乎顺利，但他们在穿越阳溪返回的途中，其中一名男子稍不留意便迷路，再也跟不上队伍，一个人转来转去，被困海拔2500米左右的山谷。另外的3男1女在寻找该男子的过程中也迷失了方向，被困在另一个山谷。11月1日，苍山保护部门派出的3位搜救人员跋涉大半天，找到失散的男子，将他救回大理。11月2日，5名搜救人员再次上山，寻找另外4人无果。11月3日，有关部门联合派出的两支队伍人员增加到11人。为了扩大搜索范围，他们采取了两个组分头上山、遥相呼应的办法。其中一组顺着阳溪往上爬，正好遇上连日雨水导致的溪水暴涨，救援人员一时也无路可走，只能利用钢绳等工具牵引，冒险涉过激流，穿越断崖，一点点向上找寻。当天下午，剩下的4人在被困4天后在海拔2800米处获救，算是幸运，没出大问题。

2020年4月5日

一名山东女游客孤身爬山，被困山里。下午接到报警，苍山保护部门迅速联合公安部门，派出由大理古城民警和李雄军所在巡护二队的队员组成的一行8人营救队伍。他们乘坐景区索道上山，并在行进途中根据游客的电话描述，推断出她大概被困的区域，以最快速度制定了营救线路。难的是，山顶积雪尚多、荆棘密布，救援者行走的速度怎么也快不起来。眼看天色渐晚，凛冽的北风吹得人无法立足，天空竟然飘起了雪花。如果天黑前找不到人，连上去的队员都会发生危险。疲惫的救援人员不敢懈怠，一边赶路一边大声呼喊。两个多小时后，千万声呼喊终于有了回应，应答出自一处深壑。救援人员手抓树枝、茅草和石缝，慢慢从山上滑落。声音越来越近，孤独的女游客奄奄一息，如同失足的羔羊蜷缩在深谷里，万幸的是她没有受伤，勉强还能行走。一行人轮流搀扶着她，踏着积雪和乱草，最终赶在天黑之际到达索道站。

2017年2月27日

多风的大理北风狂吹，两名旅游到此的德国青年一时兴起，一大早出发，悄悄摸进苍山，向山顶进发。在如愿到达积雪的山顶后，他们体力不支，再也找不到下山的路，被困苍山中和峰与玉巨峰之间的断崖。晚上天黑许久，他们无计可施才选择了电话求救。有关人员一面安抚受困者，嘱咐他们寻找相对安全的地方过夜，一面组织力量、制定方案，于28日一早调集20名消防人员、动用直升机等消防设备前往营救。在了解了被困者位置超过海拔4000米、位于雪峰顶端、具体位置无法确定的情况后，救援队伍放弃了用不上的现代化工具，改为人工搜救。一路奔波，到达冰雪覆盖的高处后，救援人员或面对及腰的积雪，或攀援近乎笔直的陡坡，每前进一步都只能依靠树木和露出的岩石为支点，稍有不慎便会被冰雪掩埋甚至滚下悬崖。下午两点多，在经历了长时间的地毯式搜索后，人是找到了，可两名高大的德国人已经奄奄一息，无法正常行走。救援人员只好咬着牙，轮流背着身高体重远超自己的德国人下山。后来见所有人都没力气了，他们又分出人制作担架，轮流抬着二人下山……有救援人员事后坦言："拜两个老外所赐，这辈子第一次见识什么叫凶险万分、筋疲力尽。"

2010年7月

上海青年任圣杰独自攀登苍山失联、当地搜救长达10多天的新闻曾经"霸屏"国内的各类媒体。事情的经过大致是这样的：2010年7月13日晚，大理110接到任圣杰的求救电话；7月14日凌晨，两个搜救组到达估计位置，搜救无果；7月15日，大理州苍山保护局、公安、森林等多部门派28人增援，无果；7月16日，增派人数达115人，有搜救人员在行进中以摄像机远距离扫描，看到苍山最高峰马龙峰中部似有一人头顶衣服，像是在频频招手……然而，当搜救人员千辛万苦，用了五六个小时爬到那个"人"身边时，才发现那只是一座酷似人形的巨石，旁边摆动着一根树枝，大自然无情地"涮"了救人心切的救援者一回……7月17日，300多人上山搜寻，无果；7月18日，搜救队伍中增加了5名民间户外高手，无果；7月19日，搜救人员接近500人，几乎已形成地毯式排查，无果；7月20日，无果；7月21日，无果……7月24日，搜救人员在海拔3600多米处找到失踪者的部分遗物；7月25日，任圣杰的遗体在海拔3500米处被发现……逝者才25岁，一个夏花般绚烂的生命，他的离去让同样年轻、深爱着他的女朋友忍不住在网络上发出了令闻者心碎的哀悼，引发了驴友们的震惊和反思……

李雄军告诉我，违规进入苍山未开发区域的主要是两种人：有一定准备的挑战者，一时兴起、冒冒失失就往上闯的游客。他向我出示了一组统计数字：2007年至2019年，12年间，大理苍山洱海管护局和公安、消防、旅游、林业等部门乃至社会各界共计出动搜救183次，被搜救人数639人，投入人力计12639人次，其中，他个人参与过的搜救不低于百次……数字精准到个位，每次搜救的细节生动得如出虚构。我用除法得出，平均每月营救次数是1.3次，每次人数超过4.4人、消耗搜救人力87.7人次，乍看数字不大，但却意味着不该发生的事情随时都在发生，无端地给保护机构和地方增添了沉重负担，消耗的人力、物力、财力不可计。

迷上一朵花不一定要摘下它，喜欢一块岩石不一定非要将它踩在脚下，此是人所共知的道理。苍山的草木山川，面对人类有羔羊之静也有陈酿之烈，保持距离仰望它，享受着它赐予的新鲜空气，享受着人在画中的幸福，也许就是对它、对我们自己的最好保护——抑或也是对守山人最好的尊重吧！

话说回来，苍山离红尘如此之近，这是红尘之福；苍山里有那么些不畏清苦的守山护林人，这也是红尘之福。

第二章　白马雪山的诗意守望

人生太短，难保将有些愿望压抑在心头，平时不痛不痒，一旦释放便令你热泪盈眶。

2023年8月1日上午10时许，中国滇西北白马雪山南麓，离省城昆明720多公里、州府香格里拉120多公里的维西县塔城镇响古箐村上方，我在海拔3000米左右的细雨中一路小跑，数十分钟后终于与一群滇金丝猴近距离对视。

离我最近的是一只公猴，细雨中它甩甩头，看看我们，又看看身后。它身后的树梢，三两只母猴为妻子，三四只幼猴为孩子——一个完整的家庭，挺身在前当然是这位雄性的责任。随后，在这个家庭两边，类似的几个家庭、数十只大小猴子陆续出现，除了鼻子没挺起来，它们脸部与人神似，俊美而和善，嘴唇朱红迷人……

端详之间，我也在细雨中甩了甩头，眼眶迷蒙，脸颊滚落的绝不止雨水和汗水——

> 许你为梦中情人，绝不
> 碰你那一世红唇
> 许红唇冷艳，拒人千里
> 只亲吻冰雪
> 许松萝万岁，滋你表里葳蕤
> 于天涯云端多生

许你聚现有数千之众

挟持我等，为种族拍些电影

还许你进村敲我家门

在我衰老之后

我泪缘何流？我诗为谁吟？

1996年我就报道过的滇金丝猴，今天才得以在野外见面。我用2023减去1996，27年光阴不再，开心，惆怅，泪不得不流。

然而，以猴为"终生情人"者却不是我——我尚不配。

此刻，猴群旁若无人地捡拾树枝上、草地上的松萝，那是来自护林员的投喂。身着红色褂子的护林员就像公猴守在猴群和我们之间那样，守在我们和公猴之间，笃定，威严，犹如一条大河，又仿佛一座长城。

滇金丝猴主食松萝，偶食芽叶、竹笋等，从不吃肉。我却觉得，它们红唇上的那份娇艳，还真像是"服用"了保护者们的心血。

一、一己之力

今天，我们已知白马雪山是中国的一个生物多样性宝库，是中国野生动物旗舰物种之一滇金丝猴的主要栖息地。

但当年不是这样。

"白马"非马，有人认为这是藏语"莲花"的音译，充满禅意。白马雪山西临澜沧江、东临金沙江，北起滇藏交界，从云南德钦县绵延至维西县，是云南的地标性山脉——云岭之躯干，最高峰扎拉雀尼峰海拔5640米，左右毗邻高山大川，在交通落后、信息沟通困难的年代属外界未知的秘境。

在我的记忆里，白马雪山名声大噪始于1996年。那年，作为新闻人，我陆续采写过几篇有关这座山的文章，其中一篇题为《"绿色使者"奚志农》，见报于当年5月底，全文如下：

我们生活在一个科学技术高度发达的时代，这个时代早已为我们提供了一个有关人类生存前景的共识：地球也许是宇宙间唯一适合人类生存的"孤岛"，保护地球就是保护人类自身。

然而在今天，我们的行为却常常与此相悖。

1996年5月1日晚，中央电视台《东方时空》节目曾播出一组来自滇西白马雪山的金丝猴镜头。镜头极其精美，主持人的话却如一瓢凉水："木材支撑当地财政，当地政府迫于无奈，决定砍伐滇金丝猴赖以为生的那片林子。"听得出，主持人言语间充满忧虑，但事实上有个人的担忧比他更甚，这人出现在荧屏上，眉宇间流露出的是似乎将被剜去心头肉一般的焦灼。

他叫奚志农，云南巍山县人，32岁，《东方时空》主持人张恒称他是"令我敬佩的一个人"。5月中旬的一个晚上，带着诠释这个说法的念头，记者在昆明新闻路他的家里找到了他。面对记者，奚志农依然保持着荧屏上的那份沉重。

奚志农首先是个痴迷于野生动物及其摄影的人。从19岁开始，他养成一种上山入林的生活习惯，长年累月待在滇西各地和滇东北一带，于拍摄中亲近、研究大自然……他自称绿色使者，为志趣不惜丢掉曾经有过的正式工作。1990年至1991年间，他曾临时在中央电视台《动物世界》节目组担任摄影，与电视工作结下了不解之缘。

投入的是灿烂青春的全部，收获的是丰硕肥美的果实。走进奚志农的卧室，成堆的影集和底片夹，若干摄影、电视作品的获奖证书，默默地证明着他无悔的青春。

但奚志农却从未欢欣过，因为他更是一个思想敏锐的人。随着走过的地方日益增多，他发现不是所有的人都对大自然怀着感情，相反，破坏生态、污染环境的人和事在云南这块号称"动植物王国"的土地上却是随时随地可见。因此，痛苦和忧虑时时随他左右。1990年8月，他只身扛着摄像机，深入独龙江自然保护区拍摄野生动物，只有孤独、饥寒、危险陪伴他。有一次从铁索桥上摔到江中几乎丧命，他都没当回事。三个月后出山，他却大哭一场，因为"满山除了遇到些背着猎具的人，我很少见到动物"。

滇金丝猴是世界珍稀动物，目前全世界仅幸存1500只左右，很大一部分就生活在中国滇西北山区。为此，奚志农曾先后六次深入白马雪山施坝原始森林，其中有两次如愿找到猴群，拍下了大量珍贵的镜头。去年，正待再次去施坝的他得到了一个无异于晴天霹雳的消息：德钦县为砍树而专修的公路已逼近施坝……他惊了，但没有呆。他随即"自不量力"地奔走于各级有关部门之间，并"无奈而发出最后呼喊"（宋健批示语），在云南一些环保人士和动物专家帮助下，给国务委员、国家科委主任宋健写了封保护滇金丝猴的呼吁信。

奚志农认为，当地财政和人民生活的困难应当解决，但"吃森林"不仅不是出路，而且是恶化环境、造"祸"后人的绝路，"这样的事情在哪块土地上都不能做，否则'王国'就会'亡国'"。

所幸，奚志农的信得到了宋健的批示、国家有关部门的重视以及著名科普作家唐锡阳等各界人士的支持，除中央电视台外，包括中央人民广播电台、人民日报在内的首都十多家新闻单位都给予了关注和报道，德钦县对此也表示"理解和欢迎"。但问及结果，奚志农苦笑不答。记者只好引用采访过去一周后云南日报的一则消息（5月27日第3版）作结："目前，由于社会呼吁，德钦县已停止了施坝林区的采伐，封冻了木材指标，但资源的保护与生计问题的矛盾依然存在，挽救滇金丝猴依然是当务之急……"

告别奚志农时已是深夜，昆明新闻路上行人已稀。我们彼此无言，一切言语均在紧握的双手中。该怎么评价奚志农呢？记者在想。张恒说他令人敬佩是对的，因为他的全部努力都可以说与他自己的利益毫无关系。但要说他平凡也是对的，因为他对大自然的那份赤诚之爱，本就该为每个人都拥有……

往事大抵如此。27年前的事情，发生在生计与保护、眼前与未来间的拉锯最为激烈之时，奚志农不断奔走于德钦、昆明、北京之间，无视自己的卑微，令危局一时缓解。

1996年7月下旬，一支特殊的队伍从北京前往云南，他们中有清华、北大等高校的学生，还有专家学者、作家、机关干部。经奚志农张罗临时组成的志愿者团体，聚集了数十个为滇金丝猴命运担忧的人。他们拉着"首都大学生绿色营"的横幅，怀揣一睹滇金丝猴真容并为之做点什么的念头，背着宿营装备，在昆明下了火车就直奔滇西北。进入滇西北的第二天，在海拔超过4000米的白马雪山垭口，雾霭弥漫草甸，草甸上野花连天，几个学生经带队老师允许，捡来碎石垒成一堆，又采摘了少许野花插在中间，以此祈求梦中的滇金丝猴平安、眼前的雪山大地安详。

我作为"绿色营"的随行记者之一，为营员们拍下了珍贵的合影。

愿望是美好的，但之后几天，绿色营的队伍在白马雪山跑了许多路，却连滇金丝猴的毛都没见到一根。我一路见证了队伍里上到60多岁的学者、下到从没见过那么多高山的孩子们吃苦流汗的虔诚，也见证了他们在寻找无果之后的无声而泣……好在，随后央视、中国青年报等多家媒体围绕这次活动，对滇金丝猴的困境展开了大篇幅的报道，云南白马雪山的精灵开始为更多的国人所识。

活动临近结束时，我们经过大半天的喘息，爬到了梅里雪山太子庙。

云南最高峰梅里雪山隔着澜沧江与白马雪山北端相对。我记得那个夜晚，"绿色营"的所有营员都在梅里雪山明永冰川旁的太子庙周围扎营夜宿。次日早晨，我在凛冽的寒意中钻出睡袋，与早起的几位学生一起，不约而同向旁边的冰川走去。

那时，明永冰川从梅里雪山主峰太子峰铺陈下来，一直晶亮到太子庙下方好几公里。幸运的我们，很容易就走到冰川一侧，伸手触摸它如玉的冰体。突然，阳光猝不及防地出现，从东边，从对面的白马雪山之巅铺天盖地而来，像气态的金子一样倾泻在冰壁上，将狭长的冰面折射成了不规则的万花筒。

我身边的学生忍不住大声喊叫着，一个个跳上冰川，在盛夏里亲近那些固态的水。

我稍微犹豫，正要跟随，奚志农悄然出现，一把拉住了我，指责我不该带着学生瞎胡闹。他为什么不呼喊？原来，由于学生们的踩踏，他在宿营地已隐约听见冰川下沿碎裂滑落的声音，不敢大声喊叫，不得不以百米速度冲过来阻止我们："冰川本来就在逐年上缩，人为踩踏相当于加剧融化，万一导致整体滑坡，你几个肯定粉身碎骨……"

事实上也确实如此，到了现在，由于气候变暖，那时的明永冰川早已融化为"明永石川"，变成缩在太子峰顶端的一个幻影。

但幸好，滇金丝猴种群活了下来。

奚志农后来又多次奔波于白马雪山密林，拍下了许多高质量的滇金丝猴照片和视频。他一生致力环保，为滇金丝猴保护事业奔走，为中国野生动物保护事业奔走，行踪无定，成为国内顶级的野生动物摄影师。2003年，他拍摄制作的滇金丝猴纪录片在被公认为"绿色奥斯卡"的英国自然银幕电影节展映并获大奖，将滇金丝猴推上了世界环保大舞台。就在我此次从白马雪山归来时，他导演的大型纪录片《雪豹和她的朋友们》正好在全国院线上映。电话里，我想说"当年幸亏你……"，他却谦虚地打断我的话："我不值一提，你多写写龙勇诚、钟泰他们。"

1998年的中国，暴雨空前、浊浪滔天，长江中下游特大洪灾重创中国腹地，刺痛了每个国人的灵魂，无疑也警醒了身在长江上游的云南人，滇西北的林木砍伐被全面禁止，滇金丝猴的家园终于得以保全。

时光流淌到20世纪的最后一年，当全世界瞩目的1999昆明世界园艺博览会拉开大幕，中国别具匠心的组织设计让来自世界各国的嘉宾折服，本届世博会的吉祥物"灵灵"也大放异彩。

灵灵是谁？

1999年夏天，两只滇金丝猴幼崽在白马雪山原始森林与母猴失散，被维西县塔城镇的村民救回，当即经当地政府安排送昆明救治。无奈的是，小猴太小，其中一只不幸死亡，另一只经过精心救治才得以成活，被取名为"灵灵"。它被饲养在昆明动物园与公众见面，引得观者如潮，以它为原型制作的世博会吉祥物则走俏市场、风靡国内外……就这样，因其美丽的物种特征和珍贵的生态价值，滇金丝猴一夜之间成了世界级的"明星"。

世间事总是如此，"演员"易出名，幕后的人却总默默无闻。外界看到了滇金丝猴烈焰红唇的光鲜，却很少有人去关注此前此后滇金丝猴的保护者们付出了怎样的努力。这也难怪，每个人都难免身不由己，有命定的轨迹要遵循。就连我这个一时的参与者，后来也被他事牵绊，身患再回雪山"访故人、看猴子"的心病，27年后的今天才得到了治愈。

二、生死兄弟

还是白马雪山，盎然的绿色海洋里，悬崖上两棵错落的冷杉之间，一块黑、白、黄相间的巨石上站着大小6只滇金丝猴。其中，公猴独自挺立石端，威严得意，它下方整齐地依偎着两只母猴和一只较大的小猴，母猴怀里还分别抱着一只幼崽。一家6口，成年的红唇微启、年幼者瞪大眼睛，齐刷刷面向镜头的方向，俨然一个模范家庭……我描述的是一张拍摄于1993年7月14日下午的照片，那是一张当时就被公认"拍得最好"的野外滇金丝猴照片，也是今天仍然没被超越的滇金丝猴野外"全家福"照片。

动手拍照片的人叫肖林，可动物学家龙勇诚拿去发表时却署名"肖钟"，由两个人的名字合成。同样的事情还有一次，2021年，龙勇诚在央视拍摄播出的专门演绎自己事迹的短剧里设置了一个助手叫"钟林"，也由同样的两个名字合成。

要说滇金丝猴的保护史，类似说白马雪山就绕不过金沙江和澜沧江，你怎么也绕不过肖林和钟泰。

2023年7月30日，我同时在香格里拉见到他们，实现了一次"三羊"聚会——此说并无歧义，我们都生于1967年。我首先认出了钟泰，当年"大学生绿色营"走在队伍最前面、给予所有营员安全感的那位。今天再见，除了额头皱纹如刀刻，他还是那般魁梧。握手之间，我跟第一次见面的肖林开玩笑："听说你是低价卖掉独克宗古城里的房子搬出来的，亏了嘛。"肖林大笑："是的，以前古城偏僻路烂，我以为自己干了件聪明事呢，哪想到几年后就热闹起来，房子也涨成了天价，我做了件这辈子最后悔的事。"我问："那你这辈子有最无悔的事吗？"

肖林说："当然有，守山。"

1983年，白马雪山自然保护区正式成立，两个16岁的男孩应考成功，分别背着住校用的棉被到保护所报到，才知道有一位初中同学也成了同事。从此，白马雪山将他俩的一生捆绑，肝胆相照。

肖林和钟泰同出德钦大山里，原来都不叫这个名字。肖林是藏族，本名昂翁次称，钟泰是纳西族，本名忠泰次里，钟泰、肖林是他们为了方便而改的汉名。据动物学家龙勇诚描述，少年时的他俩，钟泰敦实如牛、一脸憨厚，肖林体形消瘦、卷发飘逸。两人在保护区简陋的办公区见面，握手还没学会，更谈不上寒暄了，命运就这样把他俩安排在一起，仿佛要他们生死相伴，做白马雪山滇金丝猴保护的两根台柱子。

刚进保护所时，他们都不知道自己的工作职责是哪些。在所长带领下，他们很长一段时间都在干保护宣传和人工造林。这样的工作难免单调，让两位少年一个劲憧憬一件事：巡山。他们成天幻想着像藏族传说中的英雄格萨尔王一样，每人骑一匹大马，背一杆长枪，威风八面走在森林里。

第一次巡山终于成行了，所长亲自带队，目标是白马雪山一个叫曲宗贡的区域。只是，期待中"威风八面"的场面没有出现，没有大马，枪只有一支，是所长肩上的铜炮枪。小小的队伍几个人，人手一把砍刀，自己背着简单的行李和装备，一步一步，从低海拔向四五千米的高海拔迈进。一天，两天，整整一个多礼拜，风雨里不能驻足，寒风中不能低头，大山的挺拔和无边让他们充分领教了自己的渺小。

寂寞的巡山路上，他们既希望见到人，又特别怕见到人。

他们见到的人，十有八九都是盗猎者。

同一天，他们先是遇到几个人。对方自称是本地人，进山寻找丢失的牛，可一听口音就知道那是谎话。检查对方背上的竹筐，发现里面全是钢丝套。那玩意也叫"扣子"，不知源于何时的残忍发明，一根钢丝一个扣，布置在森林中，动物四肢一旦被套住便只能拼命挣扎，就连猴子这样智商较高的动物也无法逃脱，结果只会越挣越紧，直到力竭身亡。背着钢丝扣入山，其目的十分明显。几个盗猎分子无法自圆其说，只好认罪。所长分派了人手押送他们下山，其他人继续前进。

没多久，他们找到几间窝棚。猫着腰进去一看，里面无人，却挂满了各种动物的头颅。年少的肖林没思想准备，气坏了。他用小刀削了根尖竹，将窝棚里藏着面粉、糌粑的袋子刺破，将对方煮饭的铁锅砸碎在石头上。随后，他们围绕窝棚，开始了紧张的寻找和等待。面对面那一刻终于来临，对方足有七八个人，有的手持猎枪，有的背着刚得手的赃物。眼看一场战斗在所难免，大家都卸下行李，准备拼命，事情却出现了戏剧性的转机。原来，所长曾经当过公安干警，盗猎分子里有人见过穿制服的他，加上他背上那把铜炮枪，对方便误以为眼前的保护区人员全是公安便衣，本就心虚的盗猎者们竟束手就擒。

第一次巡山，他们以少胜多，带回十多个盗猎者。但这个结果却无法让人高兴。肖林数过，光那些人杀死的动物就不少于30只。他们究竟在山里埋下了多少钢丝套？这山里还有多少像他们一样的幽灵在游荡？回到保护所，几个人巡山前的兴高采烈变成了少言寡语，那不光是累的，更沉重的是心中的疑虑和压力。

1991年，由中国科学院昆明动物研究所主导的为期3年的滇金丝猴专项考察启动，肖林和钟泰受命全程配合龙勇诚等专家的工作，人生从此被滇金丝猴左右，迎来了他们生命中最艰苦的几年。

根据二人的轮番回忆，我把他们那几年的工作分成了初探、远征、扎营寻踪观测几个阶段。前两个阶段耗时半年多，皆由他们俩完成；后一阶段有几位专家先后轮换，只有他俩从头到尾坚持。

那时候，由于猎杀威胁和高海拔的生活习性，滇金丝猴对于保护区的绝大多数工作人员来说也只是传说。要考察猴子，得先找到猴群，1991年的一天，肖林和钟泰两个人开始了他们的第一次徒步观测，前往白马雪山南部的原始森林。

说是观测，他俩却可谓典型的"三无"人员：没有设备，没有经验，请不起向导。随身的行囊要装入简单的野外防护、住宿用品，还要配备至少一个星期的食物，一减再减还是数十公斤。背着背包，观察范围大致在海拔2000多米到5000多米，那是冷杉林和针阔混交林的主要生境，也就是滇金丝猴的主要活动范围。

两个高不及茅草的肉身脚踏苔藓、腐叶和石头，头顶遮天蔽日的树叶，每时每刻都把猴子当星星月亮一样期盼。有一天，他们在林地上发现了几粒猴粪，两人像嗅到了恋人的踪迹，趴在地上又是抚摸又是拿到鼻子跟前闻，不停地讨论：粪便水分充足，猴子应该就在附近，也许还会回来，所以应该埋伏在原地等候……树大林深，太阳偏西笑人痴。不知过了多久，他们啥也没等来，失望地起身，活动麻木的筋骨，才发现大腿剧痛。挽起裤腿一看，蚂蟥早已钻入裤管，正一曲一伸地吸着他们的血。

跑了一段时间，他们开始改变方法，找不到猴群，就走访山村里的老百姓。但是，在公路稀少的岁月，走访村寨也不是一件容易的事。白马雪山深处人烟稀少，从这个村到那个村，有时花上一整天也不一定能抵达。为了省时间，他们不时冒险抄近道。某日，暮色中一片密不透风的箭竹林挡在前方，两人不约而同弯腰就钻。正是下坡路，竹林里的腐质层深不可测，滑不留足。走一步摔一跤，身上留下了多少戳伤也顾不得。走着走着，两人突然失控，同时飞到了四五层楼高的坎下。醒来之后，他俩确认彼此都未受重伤，便开始互相取笑，笑对方的衣服尽被竹桩、尖石划破，人已近乎"裸体"。

他们通过大量走访得知，滇金丝猴行踪极其神秘，很多老百姓只是听说，或在野外看到过猴子的粪便，真正见过真猴的人少之又少。但不管怎么困难，两个月后，他们还是根据蛛丝马迹形成了一个书面材料，那也是滇金丝猴保护史上第一份相对系统的调查报告。

白马雪山自然保护区的领导和昆明动物研究所专家找他俩商量，希望他们继续对分布在西藏境内的滇金丝猴种群进行调查。二人互相对视，两个月磨砺中积累的野外经验让他们不约而同地点头。随后，两人合骑一辆借来的老式摩托车，带着锅碗铺盖、任务和希望，离开德钦，走出云南，沿着坑坑洼洼又漫天扬尘的路面，远赴西藏芒康、盐井一带，足迹直达滇藏交界的红拉雪山。不出所料，找寻并不顺利，都说那一带有滇金丝猴活动，可那些精灵太神秘，很少进入人类的视野。两人凭着年轻拼体力，凭着之前的经验拼运气，一路披星戴月，逢人请教打听，遇到林子便扑进去找猴粪，找到猴粪再根据粪便数量、干湿度判断猴群的大小和行踪。在野外，他们的衣服干了又湿，湿了又干，珍贵的记录本始终捏在手里，藏在怀中，上面的字迹如天书，有时还寥寥几笔勾画了地形……4个多月后，两人乱发遮颜、胡子拉碴、衣衫破旧地出现在保护局办公区，形同野人，同事们差点都认不出他们了。洗澡、理发，换上一套干净的衣服，他们的又一份考察报告如期上交，再去财务报销差旅费，两个人到外省出差一百多天，全程花费竟不到3000元。

对一般人而言，两人的两次出行足以称之为"长征"，但与他们后面的工作相比却只是个"楔子"。1992年5月2日，由龙勇诚等专家参加的白马雪山滇金丝猴野外观测队伍出发。设备、食物，驮运物资整整雇了35匹骡子，出发时浩浩荡荡，但一段时间后，常驻营地的只剩下个别专家和肖林、钟泰二人。

大本营选在白马雪山海拔4300米的高处，历经几个月才勉强建成"两室一厅"的木屋：一间公用，供大家煮饭吃饭；一间是专家室，另一间供肖、钟二人及临时来人落脚。之后的日子，我不知道怎样描述才算科学。以他二人的足迹为主，围绕那座简陋的木屋，他们在丛林密集的野地走出了发散的寻猴道、登高道、背水道、通向牧场道、返回人间道……到后来，他俩闭着眼睛都能描绘出任意一道几天路程内所有的高树、巨石、悬崖等标志性物体，当然也能描述出滇金丝猴在每个地点、每个时间段出没的规律。

第一次15天的滇金丝猴寻找是动物学家龙勇诚确定并参与的，尽管外人看不懂，我觉得还是有必要写下来：白马雪山崩热贡卡营地—嘿该项—南仁—达日洪保—阿木咕噜—达永……数百公里的一个大圈，天天走到走不动，猴子却依然无踪影。不会永远都找不到吧？每个人胸口都坠着一块巨石。

1993年4月3日，在又一次的15天寻找途中，肖、钟两人在林中突然听见一阵树枝断裂的嘈杂声音。接着，一群黑白色身影以迅雷不及掩耳之势，旋风一般出现在他们眼前，眨眼间又旋风般从眼前消失……算起来，那年他俩都是26岁，为滇金丝猴奔走已数百个日夜，终于见到了猴子，终于见到了朝思暮想的滇金丝猴群。两个人对望，都傻了。阳光像换了颜色，空气像加了蜂蜜，止不住的泪水流进笑开就合不拢的嘴，似乎也是甜的。

那个日子至今被他俩视为生命中最重要的一天，似乎也是滇金丝猴保护史上的一个转折点。找到猴群后，肖林和钟泰对自己的奖励方式任谁也想不到，他们特意到秘密的"五星级酒店"睡了一觉……荒山野岭，五星酒店当然是戏称，那只是白马雪山无数山洞中的一个、是他们寻猴路上的歇脚点之一。

不同的是，那个小山洞里满满地铺着一层浑圆结实的动物粪蛋，扒开来看足有五六十厘米厚，估计是同一种卫生习惯极好的动物世世代代以此为"卫生间"所致。前突的岩石完美地阻隔了雨水，洞中的粪蛋隔潮生暖，圆滑而充满弹性，躺上去犹如置身高档按摩床，疗愈着他们疲惫已久的身心。虽然那时并未住过五星级宾馆，他俩却都认定再高级的宾馆也没自己的山洞舒服。

之后的日子，寻找观察变得相对容易，滇金丝猴慢慢成为他们的"囊中之物"——这样说比较形象，但不恰当，原因是猴子早已非"物"，而是失散多年、被他们一直寻找的亲人。

几个月后的7月13日，他们在一天的巡视即将结束时又发现大宗猴群。当时声音传来，由上而下，虽然很远，但对他们而言却如雷贯耳。两人一对视，不用言语便一起扭头向山上跑，从大约2600米海拔奔向大约4500米的位置。几个小时后，他们终于听到了近距离的喧闹声。肖林按捺住心跳，躲在一棵小树后面，抬着相机恭候，祈求老天安排猴子从前方经过，出现在他们锁定的那块相对开阔的巨石上……前文所述的那张"全家福"就这样诞生了，足足凝聚了肖、钟二人几百个日夜的奔跑、等待和心血，成为他们记忆里不会磨灭的曙光。以致回忆起那一刻，肖林的情绪立刻变得激动无比："我只拍到9张，快门就按不下去了——胶卷用完了，滇金丝猴也在此时离去。我目送它一家离开，心中响起大海落潮后的缓缓浪声，仿佛一个进程，到了终结时刻，仿佛有什么东西穿过云层浪涛，却没有留下什么言语，这辈子我再也没拍到超越这张的滇金丝猴全家福照片。"

他们在山里一住就是3个年头。整整两年多，沐浴着暴雨严寒，过的是几乎没有与外面世界的交流、彼此间没有隐私、谈不上半点质量的野人生活。作为同龄人，我认真想象过，结论是假如轮到头上，我肯定不行，这世间恐怕也没有多少人能行。1994年春节，因为回不了家，对家人的思念撕心裂肺，能吃的食物也所剩无几，他们本想相对大声哭一场，一睡了之，末了还是互相打气，生火融化雪水，互相帮着清洗了一下茅草般疯长的头发。除夕夜，煮熟仅有的一点米，没有菜，他们端着饭碗对碰，口里哼着古老的歌谣。大年初一，两人起个大早，按头天商量好的"娱乐方案"，从墙上取下之前留着的一块牛皮，在斜坡上玩起了"滑雪"。一次又一次，牛皮在雪坡间来回，人跌倒了又爬起来继续。反复很多次之后，身上似乎不是那么冷了，心中也不再难受得顶不住。

他们计算过，定点观测以来，一双新胶鞋从上脚到彻底穿坏刚好13天，不会多也不会少。3个年头，他俩各自穿坏了近百双胶鞋，经验逐日积累，工作逐步展开，身体却因为长期劳累和恶劣气候的糟蹋而一天不如一天。肖林最强烈的症状是腰疼，钟泰则是牙疼。两个20多岁的壮汉，疼起来不分昼夜，进食无味，入眠困难，互相心疼而爱莫能助，有过绝望，有过生不如死的暗无天日。

然而也就是这3个年头，他们配合专家完成了对滇金丝猴这个濒危物种的具有世界级水平的观测和研究。1994年5月再回人间时，世界变化，他们恍若已不识人间事……回忆完这段过往，钟泰默然，肖林抹了一把眼睛，向我背诵出世界名著《与兽同在》中的句子："每个人一生至少应该有一次朝圣的机会，去思索它的奇妙，发现如今差不多已消失殆尽的田园风光……那里还驻留着人类昔日的野蛮灵魂，那里的动物在追寻自己的命运。"

世界上只有一座白马雪山，白马雪山保护局只有两个分局。从16岁一起进入保护所那天起，他俩的履历十分有趣：一路同事20多年，履历重合了20多年；大约2007年才分开，一个在德钦，一个在维西。

2007年，迪庆州滇金丝猴国家公园的建设在维西县塔城镇启动，肖林先被派往塔城担任项目负责人。在两年多的建设期里，他处处摆出"猴子家人"的架势，一丝不苟地在公园建设的每个细节中体现维持滇金丝猴野性与方便大众近距离观赏的双重属性。建设后期，公园面临一个技术性的难题：当时塔城附近有400多只已被"习惯化"（动物学名词，大意指动物习惯了保护者对它们的反复跟踪、观察，对人类不再存有强烈的恐惧心理而保持相对稳定的行踪。）的滇金丝猴，全部面向公众展示非常不利于保护，留哪些走哪些？专家学者众说纷纭。肖林举手自荐，承担了跟踪观察、为猴子分群的任务。半年后，他准确地指挥护林员在公园范围内留下8个猴子家庭，其余300多只放归更高海拔、更广阔的生存空间。即便这样，他心中仍然为自己亲自挑选的8个家庭担忧：会不会退化？会不会被人类欺负？

直到新的任命下达，肖林悬着的心才算落地。因为，保护区新任维西分局局长正是钟泰，肖林自己则被任命为德钦分局局长。于是从2009年起，这对风吹雨打不分开的铁杆兄弟，一个在山北，一个在山南，同时当了10年分局长，2021年又在组织照顾下先后提前退休。

在采访中我还开了个玩笑："你俩早就应该是白马雪山保护局的正、副局长了。"钟泰说："那个不重要了，我这个人好比风筝，一定要到旷野才能舒展。这不，我昨天才去塔城看了猴子回来呢。"肖林说："这辈子，我只是白马雪山的肖林。我已计划好自己的身后事，将来要把肉身交付烈焰，再将骨灰撒给这座山。"

三、理想照耀中国

塔城非城，它只是白马雪山南麓的一个小镇。同时，塔城的名气挺大，你若也是滇金丝猴的粉丝，塔城便是你的不二目的地。

仿佛是老天安排，之前寻到动物学家龙勇诚的电话，准备去过塔城之后再去找他。我推测，多年不见，年近七旬的人了，他应该正在昆明或湖南老家安享晚年吧？没想到，告别钟、肖二人时，我刚提到老龙，钟泰便脱口而出："老龙也在塔城，我前天还见到他。"

2023年7月31日，我从香格里拉奔赴百里之外的维西县塔城镇。

村道虽有些颠簸，但却丝毫不见扬尘，老远就让我清晰地看见路边等候的龙勇诚。他68岁，身板瘦小如旧，眼神睿智不减，白头更添矍铄。他是我在1996年"首都大学生绿色营"认识的老朋友，那年我们在白马雪山的北部一起钻林，没想到27年后让重逢实现的依然是这座山。

我跳下车，我们几乎是同时脱口说对方："没变，还是原来那样子。"怎么可能没变呢？也许只是老天公平，让衰老成正比例，在彼此的眼里无痕而已。握手，为这句无害的谎言哈哈大笑。他问我来干什么，我说"看你"；我问他来干什么，他说"看猴子"。老龙也属羊，比我大12岁。十二生肖中，羊之后便是猴，想起肖林、钟泰也是"羊"，我疑羊猴果然亲近。

我说："前年我在央视建党百年专栏《理想照耀中国》中看到过演绎你的短剧，演员选得好，很像你老人家。"

他笑吟吟，目光里闪过一丝狡黠："真的看了？我在里面说了什么话呢？"

他考不倒我。我说："助手问你，龙老师，我们什么时候能找到猴子啊？你用藏语回答，只要肯走，毛驴子也能从德钦走到拉萨。是不是？"

再次大笑，都笑出了眼泪。那部短剧讲的是1992年，龙勇诚带着助手翻山越岭，冒着生命危险从猎枪下拯救几只滇金丝猴的故事。全剧只有30分钟，展示的仅是龙勇诚这头"毛驴"在牵头寻找、保护滇金丝猴过程中的一个艰辛片段。

今天，龙勇诚的护猴之路当然早已到达"拉萨"，这条路的起点却远在20世纪80年代。

龙勇诚高中毕业误报动物学专业，进入中山大学成了全班的高材生。几年后毕业，他又选择远离湖南怀化的家乡，赴昆明动物研究所供职。他钟情于云南这个"动植物王国"，想要研究的"梦中情人"本来是大象和孔雀。1987年，他只身坐了四五天班车到滇西北出差，见证的却是一场惨剧：15具从市场收购来的滇金丝猴骨架摆在眼前，让他惊觉这个80年代就被国家列为一级保护动物的物种有可能灭绝……他在德钦的旅馆里睡不着，一个关于调查保护的建议在脑海里初步形成。回到昆明，他第一时间汇报，得到了单位领导支持："小龙，这个项目就由你负责。"

事情没那么简单，经费，人员，白马雪山的遥远，滇金丝猴逃避捕猎状态下的隐秘行迹……处处都是问题，课题从提出到实施，龙勇诚先经历了几年的精神奔走。与此同时，小个子的他迈开了自己最能掌控的双腿，开始了他为滇金丝猴命运不停奔走的一生。按他的描述，几十年来，从云南西北到西藏南部，苍山、老君山、玉龙雪山、白马雪山、仁增雪山、甲午雪山、察里雪山、红拉雪山，云岭山脉南北数百公里的主要山头都留下过他的足迹。

1988年5月，他一个人进入云岭山脉最南端，辗转云南云龙、兰坪等县近两个月，摸线索，找猴子。其间，他到过一个猎人村，有村民告诉他，之前有一次围猎，全村猎手上阵，枪声震天，猎狗狂吠，惨叫不绝。之后清点，竟然捕杀到36只猴子，村人视为大吉大利，当即在树林里煮食了3只……为了证明自己没瞎说，那个村民还出示了一张那次分得的猴皮，没错，那就是滇金丝猴的皮，看得龙勇诚肝胆俱裂。6月1日，他在村民的帮助下生平第一次见到滇金丝猴群，也抢拍了照片，尽管拍到的只是远远的树梢上的几个小黑点，他的心中还是希望涌动：物种还在，没有死绝。没想到几天后再一次远远看到猴群，狂喜刚涌上胸口，却听见了枪声。疾奔过去，一位得意的猎人面前躺着一具猴尸。龙勇诚上前抱起它查看，肛门中弹的母猴子慢慢在他怀里咽下最后一口气："你无法想象那场景有多残忍，他们枪击肛门是为了保持皮毛完整，好多换几块钱……"

他欲哭无泪，想跳起来跟猎人拼命但又缺乏"本钱"。冷静下来，他意识到山民打猎的原因主要还是因为贫穷无知。所以在后来的岁月里，龙勇诚常做的一件事就是遇到猎人就交心，让他们知晓，让他们参与自己的工作，从而实现转变。他告诉我，他这一生劝说过上百位猎人彻底放下猎枪，许多猎人还成了他的好朋友，当上了护林员。

从1988年10月第一次进藏开始，龙勇诚曾先后几次到西藏芒康等地寻找滇金丝猴踪迹。所到之处，自然环境的恶劣是小事，语言不通、法律不健全、不被人理解等更导致他反复遇险。1989年，为了摸清丽江老君山滇金丝猴的情况，他数次入山，累计在山里行走了大半年，终于找到栖息于山中的猴群，连续跟踪了好几天，初步估算出那群猴子在百只以上。

白马雪山是龙勇诚心血和汗水灌注之地，在他的内心，将这座山说成"第二故乡"都嫌分量轻。1991年，在数年的奔波操劳之后，滇金丝猴的观测研究项目慢慢启动了。持续3年多的观测研究，肖林、钟泰等人作为助手尽责而称职，奠定了项目的基石。龙勇诚无法从头到尾守在深山，因为他要协调经费、人员等，还得不断汇报进展，兼顾其他工作，常常是人在山里被省城昆明的事情催，人在省城又牵挂山里的工作、担心猴子和坚守着的兄弟……来来回回的奔波让他疲惫不堪而又不得不咬牙坚持。在白马雪山，老龙和钟泰、肖林等人相依为命，围绕高海拔的观测营地，一次又一次寻找猴子无果，一次又一次与猴群相遇而又失之交臂，千难万险，天天过着"过一天算一天"的日子。

　　来自湖南的龙勇诚在山里吃苦受累一点也不逊于土生土长的肖林、钟泰等人，但他也不是铁人。肖林跟我"爆料"过老龙的一件"虚弱"之事，说他个头虽小，爬起山来却一点都不含糊，唯独特别怕熊。大约是1993年春天，他们几人在白马雪山的一个山谷工作，看见几个老熊的脚印。别人司空见惯，老龙却紧张得左顾右盼："好家伙，怎么才4月份就开始活动了？它们要冲我们来怎么办？"肖林故意逗他："来了就会挑我们当中的一位享用吧。"入夜，一行人选好营地，陆续睡了。肖林半夜醒来，听见篝火发出"噗噗噗"的响声，难道老熊真的来了？仔细一看，原来是老龙不敢睡，一直守着火堆在吹火，生怕火光熄灭，黑熊闯上来……肖林乐坏了，取笑老龙胆小。老龙抬起头，火光映出他沾满黑灰的脸："笑话，没有我龙大胆彻夜值班，哪来你们睡这般踏实？"

　　龙勇诚等人的滇金丝猴观测研究项目差不多用了10年时间才得以成形，难度之大可想而知。他们通过双足丈量，基本摸清滇金丝猴分布区的大致范围：从南到北长达350公里，东西平均宽度超过40公里，总面积15000多平方公里，主要分布区白马雪山保护区总面积为2800多平方公里。他们的调查报告详细记录了当时全部18个滇金丝猴群的相关情况和数据，用地图详细标注了各个猴群的估计数量和活动的经纬度范围。放眼野生动物研究界，在当时能做到这样深入、细致的野生动物调研观察报告，中国还没有，世界范围内也鲜见。

　　那几乎是一件不可能完成却最终完成了的工作。20世纪90年代末，他们10年磨成的"剑"开始发挥出巨大作用，龙勇诚对"终生情人"的保护和研究也不断延伸。2003年底，"龙大胆"突发灵感：GPS定位器那么先进，可不可以用来跟踪猴群？创意有了，他在中国科学院科学家的支持下立刻实施。制定方案和报批过程严格烦琐，但他很耐心。最难的是抓捕环节，要找到猴群，要选择身强体壮的猴子抓捕，再安全放归。单这个环节，他们就整整花了几个月时间。2003年12月17日，他们终于在一群跟踪已久的猴群中抓到4只。龙勇诚掐着时间，指挥工作人员用10分钟就将定位项圈成功附着于猴体，然后立刻释放猴子。奇妙的是，大队猴子虽被惊扰，却一直停留在他们附近，关注着被抓的同伴。当几只猴子回到猴群，猴子们便开始正常觅食，像忘记了刚刚发生的意外……一年后，龙勇诚等人在人类历史上第一次获取了滇金丝猴群一整年的精确活动路线，对于解码它们的生物学和行为学密码起到了关键性作用。

2003年，凭着在滇金丝猴保护和研究领域的卓越贡献，龙勇诚被中国野生动物保护协会灵长类学会推举为理事长，任职长达10年，随后又继续担任名誉理事长至今。这是一个不取酬的职务，换个人可能也就是开开会做做样子，但龙勇诚却当得呕心沥血，不断"利用职务之便"为滇金丝猴做事，先后参与制定了滇金丝猴保护的完整方案、协助国家林业部门完善了滇金丝猴保护的战略文本，还为塔城滇金丝猴国家公园的建设提供了科学的理论支持。2012年，他在国内权威刊物上发文呼吁"生态安全堪比国防安全"，于当年召开的动物保护年会上发起了"拯救中国猿，让天籁之音不成绝唱"活动……

龙勇诚觉得自己对滇金丝猴的爱绝对不是偏爱："我认为滇金丝猴是世界上最美丽的野生动物，它一点也不比大熊猫逊色。"

2021年，国家广电总局为庆祝建党百年策划了一个响当当的大型系列节目《理想照耀中国》，在全国范围内精选了"革命时期""建设时期""改革时期""复兴时期"四个时期的40名杰出代表，对他们的经历进行演绎、拍摄。龙勇诚的故事被安排在"复兴时期"，是这个"理想追梦"特辑中"绿水青山"的唯一代表，也是云南省唯一入选这个栏目的人物。时长30分钟、名为《你的眼神》的剧情演绎虽不能完全展示他的一生，但让已获得诸多荣誉的龙勇诚感到无比欣慰："对我来说就像滇金丝猴从1500只增长到4000只一样给力。"

我们聊天的地方是个客栈，龙勇诚说那是他塔城的朋友开的，他享受"特价"，每年都会自费来住几次，观察猴群，写他还未完成的几篇研究论文。说话间，他的朋友走了过来，扶着老龙的肩膀比划："你仔细看这块脸，是不是特像一只猴子？"我定睛去看龙勇诚幸福无比的样子，那双被"你的眼神"洗礼了一生的双眼果然闪烁着猴眼般的单纯和透明。

四、塔城奇迹

金丝猴这个物种目前在世界范围内尚存5种：中国的滇金丝猴、川金丝猴、黔金丝猴、怒江金丝猴和越南金丝猴。

据估算，目前滇金丝猴在国内共有23个种群超过4000只，差不多是1996年的3倍，除了有3群在西藏外其余都在云南，其中在白马雪山里有14群，数量超过3000只。仅就塔城附近而言，除了响鼓箐区域的几十只，周围山里以及更高处的维西、德钦两县交界处还活动着上千只，相当于滇金丝猴总数的四分之一。并且，响鼓箐的滇金丝猴即便距离人只有几米也能悠然自得，与当初的杳无踪迹有天壤之别。

这无疑是奇迹，来之不易。

一声枪响，尸体横躺在我们脚下。第一眼看到这只仍在喘气的动物，引起我一阵恐惧，它太像人了：这是一只年纪很大的个体，它的脸颊是肉色的，不均匀地分布着红色斑块；眼睛是栗色的，而且很小……

这段文字出自法国传教士谭卫道的传记《云与窗：谭卫道的一生》，描述的是大约1905年在中国滇西北发生的一个场景。据说，这是目前已知最早记载滇金丝猴的文字。不幸的是，这个起点充满血腥，也没有下文。之后几十年，这种"太像人"的物种在人间、在史料中均不见踪影，直到1960年，中国科学院的动物学家偶然在德钦发现几张滇金丝猴的皮毛，才再次验证了它存在的可能。1979年，动物专家马世来幸运地在白马雪山找到了滇金丝猴活体，对它的寻找和保护从此拉开序幕。到20世纪90年代中后期，以龙勇诚、钟泰、肖林等人的寻找和调查为依据，学界认为滇金丝猴主要分布在云南白马雪山一带，估计当时的总数仅约1500只，属于全球最濒危灵长类动物。

维西县塔城镇地处白马雪山南麓、著名的"长江第一湾"北侧的夹缝地带，山高谷深、自古交通闭塞、人口稀少，外人难以进入，因此而幸运地分布着相当数量的滇金丝猴。20世纪90年代中后期，前文所述的那场滇金丝猴保卫战之后，一些有识之士开始思考和提出关于这个珍稀物种的利国利民的保护方式。他们敏感地意识到，滇金丝猴是国宝自然也是"县宝"，保护好它们，总有一日能为当地带来好报。

1998年，在维西县林业局主导下，白马雪山第一个村级护猴队在响鼓箐成立，开始实施对区域内滇金丝猴的全程跟踪保护。之后不到10年时间，塔城响古箐的猴群在严格监护下数量增加到400多只，基本被"习惯化"。据此，白马雪山保护局在众多专家建议下提出了"吸粉保护"的理念，基本意思是：在塔城建设适当的生态旅游基础设施，通过护林员的努力，让公众能够在适当距离目睹适当数量的野生滇金丝猴，以此吸引粉丝、不断扩大滇金丝猴的社会认知度，提高全社会的保护意识。

这个理念于2007年获得了迪庆州政府的认可，滇金丝猴野外公园得以建设，2009年对公众开放。10多年来，在塔城的交通极为不便的情况下，前往看猴的游客逐年增长。2023年8月1日，我大致数了一下，和我一同冒雨观看的人数超过了200人。在景区几位护林员努力下，栖身更高处的滇金丝猴自动下到相对开阔的山谷与我们"接头"，在我们眼前逗留数十分钟，从容地吃光护林员撒下的松萝才扬长而去。

年岁不饶人，奔跑之后的我轻微有些高原反应。中午，在位于公园内的白马雪山自然保护区塔城野生动物救护站，我静坐墙角，采访了赖建东、余文武、余华等人。

赖建东是救护站的站长，我们的话题集中在滇金丝猴的救治。

2019年4月29日，有附近村民送来一只从森林里救回的幼猴。可怜的小东西，被送来时出世还不到两个月，体重不足300克，身长不过20厘米，进到救护站的屋子就像找到了家，伸开上肢就抱住工作人员的小腿，嘴里还发出婴儿般撒娇的哼哼声，让人心疼不已。为了它，救护站专门开会集体研究，给幼猴取了个吉祥的名字"康康"。之所以如此郑重，是因为纯野生的滇金丝猴幼崽，至今没有人工饲养成活的先例。

为了养活康康，他们买来了高级的婴儿奶粉，开始尝试辅奶喂养。小康康从此有了好几位"奶爸"：护猴员余文武，年过50的傈僳族汉子，粗手大脚地干起喂奶的细活，每天要按时控量喂奶粉，还要及时清洁猴便、更换育婴箱的尿垫，管吃管睡之余还得"遛娃"，带小家伙外出锻炼、晒太阳。站长赖建东，在看着小猴慢慢长大的过程中第一个想到要保持它的野性，于是他精心制定了严格的训练措施，让小猴在人的帮助下练习爬树、跳跃、走钢丝、寻找水源、识别天敌……野化训练在康康眼里也许就是玩耍，玩得它越发顽皮。有一天，康康跳到赖建东头上就撒尿，他知道一躲就会惊吓到它，只好闭上眼忍着。猴尿打湿了头发，顺脸而下，臊味直冲鼻孔，熏得他欲哭反笑。

小康康最年轻的奶爸是余华，90后，他照顾康康长达一年多，每天负责喂食，还坚持在上午和下午两次带它去树林健身。说是奶爸，余华更像兄长。"妹妹"有时候吃饭不认真，他得一口一口哄着它下咽。待吃饱喝足，康康经常会趁他不注意，一溜烟便没踪影，每次余华都得跑进树林里，嘴里吹着哨子将它找回来。2021年7月，康康作为全国第一只人工辅奶喂养成功的滇金丝猴幼崽，经评估完全健康。考虑再放归野外风险太大，上级决定将它转移至昆明动物园饲养。当接送康康的汽车到达救护站，众奶爸肃立，都是一脸不舍。余华提着猴笼，慢慢走向汽车，心中已是难受万分，没想到还被"人"认为他是在干坏事，不知从哪里冒出来，气势汹汹扑到他面前龇牙咧嘴，差点就咬了他一口。

想咬余华的不是"人"，是老公猴"白脸"。这只老猴曾是公园展示区几十只猴子中的霸主之一，护林员个个都认识它，公认它"是条汉子"。它在猴群中身经百战，目的是捍卫妻室，阻止别的公猴抢夺。由于骁勇，它多年过着"三妻四妾"的风光日子。无奈的是岁月流逝，它不知不觉变老。2020年10月，在一次"夺妻"战斗中，它终不敌一只叫"裂鼻"的公猴，严重受伤，倒在树林中，被送到救护站。开始那段时间，也许是伤心过度，也许是心灰意懒，它拒绝进食，似乎想就此别过。在救护站的铁笼里，每天都有几个工作人员为它服务，消炎疗伤，精心配食。白脸似乎受了感动，身体逐渐痊愈，等打开铁笼欲放它归林时，它却不肯走了。没办法，只有驱赶，希望它自行回归野外的猴群。谁知，像是自知天命，白脸铁了心退出"江湖"，出了笼子也不走，长期在救护站附近转悠，定时回来进食。康康出现在救护站，被工作人员当小宝，也被白脸视若己出，那天要送康康走，白脸自然是不高兴，从附近的树林冲出来护犊……小康康走后，白脸又活了一年多。临终那些日子，它哪也不去，待在救护站像一个安然的老人，享受着赖建东等人的监护和照料。2022年10月1日，这位猴中的一代枭雄寿终正寝。

　　我很享受这样的猴故事，这故事是城市读不到的好书，是赖建东们用职业生涯写出来的美文。

　　我在救护站采访的几位，余文武、余华为响鼓箐土生土长的村民。余文武2010年开始当护猴员，13年时间让他成了"土专家"，除了上山护猴，他还负责收集猴子的粪便，一个季度要保证至少拿到每只猴子的一次粪便，送到实验室检测。如果有哪只猴子的寄生虫超标，他就得用新鲜苹果涂上驱虫药，上山时准确投到它面前，"监督"它吃下去。过几天又捡拾、检测它的粪便，直到指标正常为止。这份涉及多个环节、多项技术的活计，不是谁想干就能干的，余文武这个"大夫"，响鼓箐的猴群需要他，救护站的伤员也离他不得。与余文武相比，余华算是护林员中的新一代了。小伙子到昆明读过中专，本来在香格里拉打工。几年前，他的护猴员父亲余立忠不幸因病去世，90后的他辞了工作回家顶上。

　　赖建东是香格里拉人，西南林业大学生态学硕士。他2013年毕业后就职于广州一家大公司的昆明分部，拿高薪，且在昆明买房成家，有了孩子。然而，金沙江边长大的他，读研期间就以香格里拉纳帕海、碧塔海湿地为理想的施展才华之地，人在昆明时并不安心，执念越发强烈。回家乡报考，却考到了白马雪山保护区。这个年轻人给我留下深刻印象的有两件事：一是入职时间不长，却对滇金丝猴感情深、情况熟；二是作为一个管理者，他细心而虚心，工作有条理，有空就会穿上红马褂，爬山钻林，把自己当成一个普通护林员。在他的主持下，滇金丝猴展示群的日常保护、疫源疫病监测从未出现异常。几年来，小小的救护站，已成功救治意外受伤的野生动物100多只，除了少数不治死亡，大部分被放归山林。比起保护局的老一代工作者，赖建东拥有知识，也积累了经验，在保护工作中点子更多。

　　赖建东告诉我，他人在塔城工作，离昆明的妻女几百公里，想她们的时候，也会不由自主地思念康康，思念转移给昆明动物园的每一只动物……结果是，但凡有机会回昆明，他总是第一天与妻女团聚，第二天便到昆明动物园"探亲"。

五、"我的猴子"

人间闭塞处，响鼓箐村可前置"最"字。

就位置而言，塔城地处山谷，而响鼓箐则位于半山，村子上方的密林便是滇金丝猴繁衍生息之地。一眼看去，冷杉林与云南松等特有植物各具形态，装点着洁净的山体。自从1998年，白马雪山的第一个村级护猴队在这里成立，守林护猴便成了全村的头等大事，时至今日，几乎每家每户都有一个男性在当护林员。

这支队伍也被称为"余建华团队"，表面看是因为村民余建华年长、自始至终担任队长，根本上却是因为他付出最大、威信最高，没有他也许就不会有塔城滇金丝猴的今天。

我很希望看见余建华与猴子在一起时是啥样，可惜上午看猴时，他正好轮休。见到余建华之前，我在塔城野生动物救护站创办的微信公众号里读到一个名为《我们的父辈是护林员》的专辑，里面全是响鼓箐的孩子写的作文。其中两篇摘录如下：

> 我的爷爷一大把年纪，都快70的人了还在当护林员……他早上5点多钟就要起床了。他跟我讲，头天晚上要把当天穿的衣服放在棉被里捂着，不然上山就惨了。山上除了树和猴子什么也没有，电视都没有，必须忍着。
>
> 有一次我贪玩，把爷爷看山的衣服弄烂了，被爷爷骂了，真是的，但我没埋怨。爷爷是坚强的护林员，是他让我懂得守山等于护自己。
>
> ——五年级余金秀

> 有时候我觉得外公太辛苦了，因为他已经60多岁了，当护林员一天的工资才30元，我的舅舅常常劝我外公不要再放猴子了："你已经老了，也应该在家好好待着了。"外公就说："我每天看着这些猴子，已经20多年了。如果我不去给这些猴子喂食，我也会难过的，因为动物跟人一样也有活着的权利。"
>
> ——初一余兰英

这些稚嫩的句子都是写余建华的，分别出自他孙女、外孙女之手。只言片语，塔城家喻户晓的滇金丝猴"守护神"余建华的固执敬业似乎已跃然于我的脑海……当然我也知道，孩子的眼睛和笔触穿不透一个老人饱经风雨的内心。

下午，汽车离开塔城野生动物救护站又往下走，回到早晨路过的响鼓箐村。进到余建华家中，细碎的雨声便密集了起来，坐在他家屋檐下，说话的声音得提高五成。

余建华清瘦敏捷，刀刻般的皱纹掩不住固执。大概是因为接受采访已不止一次，余建华一开始并不是很欢迎我："你早上应该看到我的猴子了嘛？我的猴子就是我想说的话，它们好我就好。"我说："看了嘛，这辈子还是第一次在野外看滇金丝猴呢，所以专门来谢谢你。"他眨巴着眼睛，上扬的嘴角掠过一丝明显的得意，起身入屋，找出一张照片递给我。我见山坡草地，几只小猴在一旁嬉闹，余建华背对镜头，与一只壮硕的公猴比肩而坐，像两个老友在拉家常。我说："你和猴子真亲热，有点像我俩现在这样啊。"老余一笑。

余建华出生于1953年，从小没上过一天学，10岁不到便开始下地干活，从家里的几亩山地刨食青稞、洋芋和包谷。勤劳是天生的，肠胃的呼唤也是本能。单调的产出满足不了口腹，上山打猎历来就是每家每户种地之外的又一出路。余建华自从被长辈准许上山就是好手，野鸡、獐子、野猪都打过，他唯独没碰过的就是猴子。黑背、白腹、白面的滇金丝猴，傈僳族人世代称为"白猴"，认为那是人的先祖，打不得；加之白猴脑子比别的动物好使，警惕性极高，通常藏身人迹罕至的高山，就算你是个打猎好手也很少见到。

余建华不打，不等于别人也不打。当猴骨能在山下的市场换钱，厄运便接踵而至，让猴群无处藏身。极端的时候，就如山的更高处、离响鼓箐不远的另一个村，六七个猎人在一位高手带领下扑进深山，只用了两三天便干掉六七十只猴子。由于数量太大背不出来，猎人们只能剥皮、剔骨带走，猴肉和内脏全都腐烂在树林里，恶臭久久不散……1983年，白马雪山保护区成立，开始与愚昧和私欲派生的罪恶博弈；又过了几年，白马雪山全面禁猎。

在村里，余建华带头上缴了猎枪。不能再打猎，生活瞬间失去大半盼头。正当村民们发愁的时候，外来偷猎者却大量涌入，他们携带更先进的猎枪，辅以多种当地人没见过的捕捉设备，让千万年自在的雪山遭受了更疯狂的蹂躏。为了防止自己的家园被放干最后一滴血，放下枪的余建华开始邀约村里的男人巡山。他们协助保护区驱赶外来的盗贼，抢夺他们的黑枪上缴，不断清理布在野外的捕兽夹、钢丝套。山大人少，时常，他们查了这边，那边山上又传来枪声，无尽的愤怒、无奈的感觉，从蒙昧到觉醒的裂变充斥内心。

1997年，保护机构、林业部门在村里招募护林员，45岁的余建华第一个报名，被指定为队长，与4位村民共同组成了响鼓箐村的第一支护猴队。对他们来说，巡山之路是老路也是新路。"老路"是同一条路，出门便照样爬坡，爬到村庄的尽头已经喘气，真正的上山路才告开始。沿着越来越陡峭的山体蛇行，心里默数着，小路拐了上百次弯才算是走完第一段。说"新路"，那是身上背的不再是斧头、猎枪而是责任，"保护大山就等于保护自己""滇金丝猴是不可多得的国宝"，这些道理新鲜如树梢的春芽，长满希望。

作为护林员，他们承担的任务是全面的，护林防火、打击偷伐盗猎、救助受伤动物等，核心任务是寻找、跟踪、观测滇金丝猴。以此相对应，他们的月工资最初为一天6元，这个数字谁看到都会嫌少，倒也没什么，最大的问题是当护林员不但辛苦，而且孤独。

论苦，以前打猎也苦，但走多远自己做主，而当了护林员是有纪律有要求的，你追的又是行踪不定的猴子，要走的路没有尽头。开始那几年，他们经常一天跑出四五十公里路，一双新胶鞋上脚几天就坏了，一个月的工资首先得用于买鞋。为了省钱，也为了防火，余建华"戒"掉了袜子，还强行断掉抽了半辈子的烟。不知不觉，脚指甲一个一个跑丢了，白天奔忙不觉得，夜里回家便如针扎。可惜再怎么疼，老余都不敢在家里哼哼，生怕再给发着火的老伴"添油"。他的老伴从一开始就反对他加入护林队伍，见他当了队长，天天早上五点多就起床离家，半夜才得摸黑回来，那份怒火逐日有增无减……还有，自从当了护林员，以前一起打猎的伙伴都与他拉开了距离，见到他不是低头装作没看见就是绕道走，让人心中凄凉，一时觉得家里家外的人都得罪光了，自己的朋友只剩下山里的猴子。

滇金丝猴的主食是寄生在树枝上的松萝，云南有些地方的人称之为"树胡子"。这种植物生长速度极其缓慢，实现一轮彻底的自我更新需要五六十年，可谓森林中的"高级补品"。仅此一点，便说明滇金丝猴进化水平很高，极其聪明，加之早期无节制的捕杀让它们的警惕性倍增，猴群的行迹变得无比神秘。余建华纵然猎人出身，寻找这种精灵也只得一步一个脚印。最初漫无目的，只知道往高处"树胡子"多的地方去，有时一连几天也没半点收获，有时见到几根被猴子折断的树枝或几粒掉落在树丛间的猴粪便是大喜。有一天，他看见一棵大树下有白点，直觉那是一只小猴子。慢慢走近，猴子越来越清晰，它怎么不躲避自己呢？凑近一看，幼猴被不知是被谁、何时布下的一只钢丝扣夹住，尸体已经僵硬。他小心翼翼清理了钢丝扣，在地上刨出一个坑，捧起那具尸体埋下去，老泪便也忍不住涌出来。

经过数年的苦旅，余建华培养了寻猴的经验和嗅觉。猴群随之进入视野，只是无一例外见人就惊，它们在树梢跑，人在地上追，哪怕是上百只猴子组成的猴群，也总能在几秒钟之内消失得无影无踪，丢下老余发愣喘气："你们就不能慢点跑，让我简单做个'人口普查'么？"因为追不上，他有过绝望。那种绝望，钟泰、肖林、龙勇诚等人也都不止一次有过，先是担心永远找不到猴子，等找到猴子又觉得永远接近不了它们。

大约六七年后的某一天，余建华像素日一样，凌晨起床，带上简单的随身物品上山。那时找到猴群已非难事，走了几个小时便见一大群猴子活跃在前方树林。余建华受够了猴群瞬间消失的折磨，那天他没跑，而是只敢慢慢挪过去，同时总觉得哪里不对劲。距离已经很近，按说猴群早就应该逃窜了，今天它们为什么还不动？余建华压抑着心跳，壮着胆子，选择了一只坐在地上的公猴，慢慢向它靠拢。距离只剩几尺，公猴拿眼看他，还是没动。他拿出早就采集好的松萝递过去，公猴竟然伸手来接。这下子让老余激动得全身颤抖，伸出去的手忘了缩回来，嘴巴里不由自主地挤出句"谢谢……"他看见那只公猴大口撕吃他给的松萝，而别的猴子依然故我，该干什么还干什么，像无视他的存在。这才意识到，在两千多个日子的苦苦追寻之后，自己终于获得了滇金丝猴群的接纳。算算，年过半百的自己跑过的路已经无法计数，只能估计出当护林员后穿坏的解放鞋约有400双，而当时的工资还是180元。

一旦被一群猴子认可，就能被所有猴群认可；一个余建华被认可，他的同伴也逐一被认可。在猴子们眼里，经常跟踪的护林员也许都是"猴子"，而且对它们很好、能带领它们更好地寻找食物和水源。不可思议的事情于是发生了：每当他们结束工作往下走，猴群便会自动随行一段。到后来，过去只在四五千米高海拔活动的猴群，不知不觉下移了它们的栖息地，相对稳定地游动在响鼓箐村的上方，为滇金丝猴野外公园的建设埋下了伏笔。

也难怪余建华言必称"我的猴子"。至今，只要老余入山，经常冷不防会有猴子跳到面前示好，有的幼猴还会从树上跳到他肩头上蹲着就不走，这一点就连同样为滇金丝猴付出大半生、先后当过老余领导的肖林、钟泰也羡慕。

70岁的余建华至今坚持出勤，他说："我希望干到80岁，一来是舍不得离开我的猴子，二来也还要挣点饭钱。"老余不仅自己护猴，还让儿子余忠华也当了护林员，父子俩都是合同制。老余现在是塔城滇金丝猴公园展示群护猴队的队长，工作对象是展示群的数十只猴子；儿子余忠华则是保护区塔城管理所的编制外副所长，工作对象是展示群之外当初在肖林主持下分群出去的猴子，数量更多，范围更大。

余忠华肯定地告诉我，他当这个护林员是出于父亲的"算计"。

余忠华出生于1987年，看上去很结实，却一脸沧桑。他上初中时遇上家里盖房子，母亲又突然生病，一家人的日子过到最艰难的时刻。穷孩子懂事辍学，到丽江打工，支撑母亲看病，还补贴家用，一切似乎在慢慢好转。可就在他接近20岁的时候，父亲总是隔三岔五打电话催他回家，也不说叫回家干什么。他心里明白，父亲是希望子承父业。他当然不想干："我怎么回？我那时候一个月已经能挣几千，可护林员一个月还拿不到200元。不瞒你说，我妈那时经常跟我爸吵架，我是我妈我也吵，你成天进山不着家，收入大半拿去买鞋，还让人担惊受怕，咋整嘛？"

话是这样说，老余在电话里的口气越来越严厉："快点回来，我是你爹，说话你必须听。"2005年，余忠华终于拗不过父亲而回到家乡，成为父亲的徒弟。与父亲相伴相依几年，他慢慢迷上了猴群，渐渐释怀了对老人原有的不满。他凭着踏实忠厚的本性，回乡不久就被中国科学院北京动物研究所"滇金丝猴行为活动研究"课题组的专家吸纳为组员，与同村的一个伙伴一起负责最基础的观测，携带定位器，背着沉重的帐篷和食物，猴群跑到哪里人就在哪里，人在哪里笔记就在哪里，吃菜只有白菜，睡的是湿地、树枝，一年回村只有两次……观测断断续续进行了几年才结束，余忠华变黑也变成熟了，让村里人刮目相看。

随后，余忠华作为响古箐展示区的一名护林员，负责滇金丝猴展示群的习惯化训练和救护工作。他和村里的几个年轻人在父辈和专业技术人员的指导下，通过定期投放松萝、维生素片、土鸡蛋、花生、南瓜子等食物，成功地提高了展示区滇金丝猴的体质；同时，只有初中学历的余忠华通过研读专业书籍、向专家求教而较快地成长为半个专家，充当了滇金丝猴展示区的猴医生和解说员。闲时，他还自己拍摄视频发布到网上，与天南海北的滇金丝猴粉丝互动交流，看了他的视频，许多人不远千里而来，出现在他家门口，请求"余老师"带着他们去看猴子……

与父亲相比，余忠华在工作里注入了更多的知识含量和创造性，因此虽是聘用制人员，他却被保护区破例提拔为塔城保护所副所长，带领同事在辖区建起6块固定样地、3条固定样线、2条红外线相机样线，先后发现小熊猫、猕猴、白腹锦鸡、黑熊等珍稀动物。2017年2月24日，漫天飞雪的日子，他觉察到一只母猴即将生产，便及时带人匍匐在雪地里，像木头人一样忍耐着入骨的寒气数小时，录下了我国首个滇金丝猴在野外分娩的珍贵影像。工作圆满完成，近乎麻木的余忠华目睹那位伟大的动物母亲怀抱自己的骨肉蹒跚而去，脑海里当即出现父母的面容，彻底明白了父亲当初逼他回家的苦心——老人爱猴胜过自己，他身边最初的护林员却先后有好几位坚持不下去离开了。他不逼儿子来干，别的人就更不会干……余忠华从此得出两代人的人生定位："父亲这辈子就这样了，我可能也变不了啦，即便将来他走了，这条路我也得走下去。"

如今，余忠华最担心的一件事便是父亲的安全。他说，父亲那么大年纪，在山里跑很危险，母亲和他多次劝他罢手，回家休息，可老人就是不干："每天凌晨，不管要不要出勤，他总是5:30准点起床，没事就站在院子里，不声不响看着对面的山头。问他起那么早干什么，他说'看我的猴子'；说黑乎乎的猴子都还没睡醒呢，他说'你看不见我看得见，我看不见我也听得见'……"

告别时，我特意拿出一张白纸，请余家父子写句话。余建华说他没上过学，只会写个名字。父子俩用傈僳话商量了一下，余忠华便把着父亲的手，一笔一画写了下来。

余建华写的是："我的猴子好过，我也好过了。"

余忠华特意跟我解释："'我的猴子'是父亲的口头禅，跟你这样说，跟别的记者、领导也这样说，有些人听不惯，就觉得他拽得很，你别介意。"

我怎么可能介意？我倒觉得不光余家父子可以这样说，还有钟泰、肖林、龙勇诚、奚志农……所有在雪山之中追寻过猴子的人都可以这样说。没有他们的搏命相护，哪来滇金丝猴的今天？

塔城的天气也像奇迹，上午细雨，下午大雨，傍晚艳光普照。起身，见夕阳西沉，小小的村庄信徒般躲在众山之间，众山安然于无边的暮色里。余家的房子披着紫纱，红光满面；余家父子的手，一双冰凉醒脑，一双敦厚充实，皆是那么遒劲。

第三章　高黎贡山缥缈着莫测

迄今为止，我到过的山脉还没有哪座像高黎贡山这般让我感觉到如此程度的神秘。它拥有诸如"大地的缝合线""生命的避难所""人类的双面书架""世界物种基因库"等众多诗意与科学性兼具的雅称，是云南最大的自然保护区，又是中国大西南边境的一段天然"围墙"，已知拥有高等植物5700多种、动物2700余种，地质地貌雄奇瑰丽，生物多样性世界罕有，文化形态独放异彩。

2023年7月初，我自保山城往西北进入怒江西岸的芒宽乡，又沿大江南行至百花岭、潞江坝等地，后借G556国道越高黎贡山之巅，经腾冲城，过大塘村，抵达中缅交界的自治村。5天的行程，走访了高黎贡山自然保护区保山管护局的7个管护站，构成了一个巨大的S形，从高黎贡山之东的河谷到西边大雨如泼的山地，海拔高差上千米，气温相差10多摄氏度，数百公里行程恍如梦中。

我当然是乘车而不是步行。面对起于青藏高原、由北往南绵延600多公里的高黎贡山，我这样的普通人迈开双腿也就是一只蚂蚁，走不了多远。因此，当我结束工作，于腾冲市自治村的雨中远眺高黎贡山之时，心中涌起的依然是一份崇敬——我知道，不管下多大的雨，只要雨停，各个管护站就总有人要上山，继续他们重复过不知多少次的路。

他们的足迹总是通往云端，不断往上。

一、百余次翻越

7月3日上午，走进云南保山城某宾馆大堂，高黎贡山国家级自然保护区保山管护局生态旅游管理科赵玮科长和隆阳分局的李家华副局长正为我设计采访路线。我坐下静听，陌生的地名和人名令我挠耳。李家华笑着说："山太大，站点很分散，得给你找条最省时间的路线。"

半小时后，赵玮直起身："好了，一会儿就可以出发。"他邀请我在出发前去看看他们用过去收缴的盗猎赃物制作的动物标本。

走进保山管护局不大的院子，标本集中堆放在一栋老房子的二楼。赵玮一一打开几个房间，便见若干自由的精灵挤在一起，但毫无疑问都失去了生气，被人类借它们的皮囊、骨骼维持当初的模样。认真端详，一头豹子还瞪着我，一只鹰雕继续持有翱翔的姿势，三只麋鹿昂首向天……印象最深当然是那头孟加拉虎，龇牙，身体前倾，目光中杀气犹存。这位森林之王，20多年前毙命于误食一只吞过毒药的老鼠。

"几十年积累下来的这些标本，是不可再得的、证明高黎贡山生物多样性丰富的无价之宝。"年满半百的赵科长对我说。他当过副乡长，2000年到管护局工作，一见这些宝贝便自行承担了义务管理员的责任。那时飞禽走兽、两栖爬行、水生动物尸骨混杂，异味充斥，别人是未近身便掩鼻绕道，他却有空就戴个口罩扑进仓库，一件一件清理、修补、制作，每一件贴上标签、标注数据，3000多件标本，盘清家底就用了几年，之后年复一年的持续维护从未间断，妻子为此给他定了一条家规：每天下班回家前必须彻底换身衣服。

赵玮很希望利用现有的标本建一个高黎贡山动物博览馆，用于公众环保教育，但他也知道这需要大笔投资，自己说了不算。从事保护工作23年，他早已把自己当成高黎贡山一株最平凡的草，站在走廊间就跟我数出这座山获得的20多项殊荣：1992年，高黎贡山被世界自然基金会确认为"具有重要国际意义的A级优先保护区域"；2002年，高黎贡山被联合国教科义委员会列为"三江并流"世界自然遗产八大片区之首；2011年，高黎贡山被命名为"中国自然科普教育基地"；2018年，高黎贡山在国家对长江经济带120处国家级自然保护地的综合评估中位列前茅；2019年，高黎贡山荣获"中国最美森林"称号……

看完标本下楼梯，我注意到赵玮特别吃力。他的右腿有问题，这一点在宾馆大堂的时候我就发现了。他告诉我，那是2015年1月15日，他在野外工作时遇险摔倒，右腿胫骨骨折所致。腿瘸了，影响生活他无所谓，心中最大的痛是不能再像以前一样来去高黎贡山，也庆幸之前，因为工作他已经先后步行翻越过高黎贡山118次，那是他一生最重要、最自豪的数字，是后半生最欣慰的记忆。他的话让我想起昆明大观楼长联里描绘过"北走蜿蜒"的长虫山，它不高，爬上去就能鸟瞰昆明城全景，但我居山脚十多年，也就开车上去过一次。十多年一百多次翻越高黎贡山，那得有多大的热情和毅力？

在与赵玮闲聊的过程中，我隐约嗅到了他一些辩证的自然保护经验。他推崇"通过培养大众情怀来保护高黎贡山"，指的是保护观念在民众中广泛根植的重要性，以及统筹考虑原住民的生存发展等。他还主张环保宣传不能只讲抽象的道理，而要形象地说服大众。

我和赵玮站在管护局办公楼下说话，看见李家华身穿T恤和及膝的短裤，背着相机匆匆而来。赵玮说："我腿不利索，让家华陪你吧，他爬山的次数比我还多。"此后几天，我和李家华竟然没有专门坐下来聊的时间，只有在行车途中聊。

我曾问李家华："你徒步翻越高黎贡山是不是真的比赵科长多？"

他大笑："应该是这样吧，我没认真统计过。"李家华不仅反复攀越，还在一天之内走过来回。他某次接待一个爬山"凶悍"的来宾，一行人从高黎贡山东坡上山，到了腾冲那边，时间已是下午，客人却兴致不减，转身要原路走回来。高黎贡山坡度很大，他们走的路线单程差不多17公里，普通人得爬8小时左右，爬山能手也少不了4个多小时。那次用一天时间翻过去又回来，最后连李家华都筋疲力尽。可是没过几天，他便又想去爬山了。

如此的痴迷已近疯狂，生于高黎贡山脚下的李家华承认他对高黎贡山的确有着无法割舍的迷恋，应了他一句信誓旦旦的话："此生只爱一座山叫高黎贡，此生只爱一条江叫怒江，此生只干一份工作叫保护，哪怕官升三级也不离开。"他今年正好也是50岁，工作以后从未换过单位，1995年扎进隆阳分局便雷打不动28年，其中10多年在分局最艰苦的几个管护站当站长。为了保护事业，他结婚多年却没要孩子，怕生下来尽不到做父亲的责任；为了保护，他极少出去旅游，时间和余钱都花进了这座山。

1997年11月，设在深山的隆阳分局赧亢管护站成立，李家华一床被子一口锅，住进类似工棚的石棉瓦房，首任站长一当就是8年。冬天冷就罢了，夏天也冷——野外的山林里湿寒，住处也是。高黎贡山俗称"三个月下一场雨"，其实是到了雨季，雨点一旦落下就几个月不会停。记得有一次，他们带着站里同事外出培训一个多星期再回去，房间的地面已入住"新客人"，长出了大朵的菌子。

那时的赧亢站，电话不通也没有电，李家华和护林员们身在其中几乎与外界失联，练就了超常的抗孤独能力和敏捷身手。白天巡山还好，漫漫长夜最是难熬，唯一的陪伴就是一个燃烧的火塘，一伙人围着，免不了喝点散装酒御寒，无聊了就每个人轮流讲笑话，讲来讲去都是互相已知的事，讲来讲去还是昨天讲过的事，讲的人津津有味，听的人装作专心不揭穿。2004年8月，高黎贡山一场雨已经两个多月不停。一天深夜，李家华睡在床上不踏实，干脆起床穿衣，静坐床沿。不知坐了多久，他总觉得雨声不是很正常，便叫醒所有同事，带领大家冒雨撤出房子。才走了几百米，便听到身后巨响，山体突然滑坡，埋掉大半个管护站，却没伤到任何一个人。山林似乎有灵，温柔地保护了保护着它的人。

同事们都说，李家华不像站长，更像可靠的兄长。对于大伙来说，条件的艰苦可以忍受，那时频繁发生的偷伐盗猎才是最头疼的事，令他们没有一天能松口气。李家华曾以并不高大，甚至瘦小的身躯无数次面对擅闯的偷盗者，无一次退缩。有一次遭遇，对方二话不说，抬起火药枪对准他们几个人。李家华一看危险，大喝一声，疾步向前，一个人迎向枪口，与对方对峙，对方被他的气势所震慑，垂下枪口。而对保护区外围的老百姓，他的做法是用心帮助、用情引导。仅在赧亢站工作期间，他便积极游说争取，通过中外合作的森林保护与社区发展项目、国际小母牛养殖项目、"以电代柴"项目、经济作物种植项目等帮助百姓，从源头改变他们的生产生活观念和行为。隆阳区芒宽乡有个偏僻贫困的西亚社区，多年来几乎成了李家华的第二故乡，他总是有空就到村里转转，以一己之力帮助需要帮助的人。有村民的孩子在家待业，李家华就想办法让孩子当上护林员；有村民身患重病，李家华就资助他的女儿上大学；有一对夫妻卧病在床，子女又长期在外打工，无人照料，李家华动用私人关系为他们解决了就医问题，某一次他前去探望，进门就冷不防被女主人含泪抱住，那是一个女人对恩人的最高礼仪。

有人说，在保山，了解高黎贡山的人不少，可比李副局长更熟悉这座山的人恐怕还没有。我与李家华同行几天下来，觉得这话并不夸张。他靠连年自学掌握了植物和动物的系统知识，靠行走摸清了整个高黎贡山南段动植物的分布规律。我们在野外，凡是见到的植物和动物，他都能喊着它们的学名说出个所以然。而对高黎贡白眉长臂猿、黑熊、白尾梢虹雉、云南红豆杉、大树杜鹃等高黎贡山的旗舰物种，他更能滔滔不绝、科学严谨地道出它们的前世今生。

李家华对山的熟悉来自他长时间在山中的爬行。他身上来自摔伤、戳伤的大块伤疤有10余处，小疤如蚂蟥、蜱虫叮咬留下的疮口则多不可数。一个护林员跟我讲他亲眼所见：有一次一起外出，遇上一片莫测的密林，李家华让其他人在外面等，自己一个人深入查看。他出来后一脸疲惫，不停伸手挠痒。大家将他让到宽阔处，逼他脱衣查看，发现20多只蜱虫正在他身体各处大快朵颐；还有一次，为了拍摄一只昆虫，李家华趴在湿漉漉的地上几十分钟，衣服裤子全湿了也不见他动一下。旁边的人急了，凑上去查看，看见几十只蚊子正在他的双臂上排队大餐……那位护林员说，李家华经常为拍照片而长时间匍匐，旁边的人通常不敢喊他，因为惊动了拍摄对象他会发火。相机不离身的李家华就以这样的姿态拍摄过高质量的动植物、绝美风光照片近10万张、视频3000多分钟，为各级媒体提供了大量的宣传素材，也为科研工作提供了不少依据。高黎贡山中矮马先蒿、杏黄兜兰、大理铠兰、分叉露兜树、火桐等新物种的发现，都有李家华和他的镜头一份功劳。

李家华与山为伴，与动植物为挚友，直至劳心伤神。在赧亢站工作的时候，他们接手了两只由边防检查站查获没收的幼熊。小家伙太小，无法喂食，只能买牛奶给它们喝，消耗了他们微薄的工资，分走了他们碗中的肉。整整一年多，黑熊渐渐长大，跑到队员床上拉屎，把御寒的酒坛打碎，将摩托车的座位全部撕坏……李家华和同事一次次驱赶，想让黑熊归林。然而黑熊依恋他们，一再赖着不走。终于赶走了，隔些时日又在林中遇上，黑熊看人两眼，流露出人一般的温柔。无独有偶，几年后一次深度巡山，李家华从盗猎者手中缴获一头毛冠鹿，怀着孕的母鹿已经死了，李家华和同事吃力地将它背到一块草地深埋，还难受地为它竖了块木牌，上面用汉语、傈僳语对照书写：毛冠鹿母亲之墓。两年后再去，木牌歪了，他以为鹿尸被人刨走了。挖开一看，尸骨还在。他索性捡了头骨，清洗干净，至今放在自己的办公室里，抬头低头便见，哀思无尽。

李家华是高级工程师，很多人公认的保山首屈一指的林业、环保领域专家型领导，他言语之间又总把自己当成高黎贡山的一个粉丝。两种角色兼有的结果，使他在省内外自然教育和科普宣传领域挥洒自如，多次受邀外出演讲，在保山则作为高黎贡山最著名的行家，不停地接待各级领导、专家学者、媒体人针对高黎贡山的重要来访，还多次为私自入山的人解围。2015年1月，正在山中巡查的李家华遇上了6位正私自徒步翻越高黎贡山的外地大学生。考虑雪后路滑、方向难辨等因素，他苦苦劝返，可几个年轻人执意不听，说翻越高黎贡山是他们此生的重要凤愿。李家华只好不顾疲劳，主动充当领队和向导，重新设计行程和路线，带领学生们翻过山顶，抵达安全地带。暮色中，精力旺盛的年轻人心满意足向着腾冲城方向而去，李家华才想起自己也是饥肠辘辘，不知今夜将归何处。

高黎贡山照亮了他，他又照亮了更多的人。

2023年7月3日夜，我们凭借手机电筒，匆匆穿过高黎贡山半山腰的百花岭村。李家华指着高处告诉我，他相信那里真有神灵，那神灵是人类眼手尚不企及的、值得探究不止的自然奥秘。

二、悬崖转身

生命的避难所，这是高黎贡山的外号之一。此山在不同海拔拥有多种气候类型，同时又位于亚洲大陆中部和南部交接点，因此它在动荡的远古冰期接纳了众多被迫流离的热带、温带、寒带动植物物种，从而成为生物多样性宝库。

怀璧其罪，盗猎盗伐在早些年曾经是"避难所"最大的威胁，就连高黎贡山隆阳分局百花岭管护站的护林员蔡芝洪也打过猎，见面就自称"我曾经是个罪犯"。

不知怎么的，听了这句话，面对身穿迷彩服的蔡芝洪，我脑海里立刻浮现出网上见过的一张照片：十余人站成一排，阿里巴巴创始人马云居中，蔡芝洪站在左边首位，同样是一身迷彩服，他凛然的脸庞因黝黑而特别显眼……那是2019年10月28日的香港，中国桃花源生态保护基金会发起的"首届桃花源巡护员奖"颁奖现场，全国仅10人受奖，蔡芝洪第一个上台与马云握手，对方称他们为"时代英雄"。

从自称的"罪犯"到环保奖项获得者、世人眼中的英雄，反差太大，犹如悬崖转身。蔡芝洪是当地土生土长的傈僳族山民，从小没上过一天学、认过一个汉字。迫于温饱，年龄很小的时候他就经常跟着长辈上山"找吃的"。他坦言，在那个保护意识还很淡薄的年代，高黎贡山的好几种动物都曾上过他家的餐桌，然而打也打了，吃也吃了，虽然还不知道那是犯罪，心中却也不是很安生，傈僳族祖辈相传的打猎"打公留母"、砍树"伐弯留直"的质朴观念被他毫不含糊地遵循着。20世纪90年代中期，温饱问题逐渐得到解决，加之保护区工作人员不断上门宣讲环境保护政策，蔡芝洪渐明道理，彻底放下了猎枪。这样一来，壮年的傈僳族汉子，也萌生过出门挣钱的念头。1998年，管护局的领导主动找他，请他加入护林队伍。一开始他心怀愧疚，觉得自己又不识字，怕干不好。反复动员了几次，他才答应试试，从小练就的爬山钻林本领和敏锐直觉一下子派上了大用场。

从"吃山"到护山，蔡芝洪在茫茫林海中练就的一对"顺风耳"不仅能判断方向，而且能测量距离，甚至能清点远处的盗猎人数、猎狗数量，成为犯罪分子的克星。2016年2月的一天，他在独自巡护时隐约听到枪声，便立刻判断出盗猎位置，立刻电话请求管护站加派人手。当天晚上，他带着两名同事在一个山沟里蹲守了4个多小时，当场抓获一名盗猎者。随后，他又引导森林公安一一找到并排除了盗猎分子安装在密林中的捕捉设施。2018年11月19日，身在山高处的蔡芝洪听到离他很远的地方有猎狗叫，知道自己追之不及，干脆原地报告站长，请求派人从下面围堵。他自己蹲守原地，竖着耳朵判断动静："他们应该是在追一只野猪。""他们好像退到小河边了……"管护站的同事根据他的判断，于当夜抓获两名盗猎者、三只猎狗和一头被杀害的小野猪。令人称奇的是，连小野猪身中两枪，蔡芝洪都听得一清二楚。

蔡芝洪对动物的行走路线特别敏感，能根据蹄印的深浅、大小判断出种类和体重，能就叶片上的齿痕猜出是鼠类还是猴子，能从叫声里分辨动物的雌雄，能摸着巢中余温推测野兽走了多久……没有上过一天学的他，因此成了协助动物监测的好手。2011年，中山大学的研究团队开始对高黎贡山的白眉长臂猿和其他灵长类动物进行调查，蔡芝洪几乎是全程参与，从寻踪到跟踪，从跟踪到观察，他总是走在队伍最前面，领着一批又一批科考人员进入杳无人迹的荒山野岭。2017年，第一种由中国科学家自己命名的类人猿——高黎贡白眉长臂猿（天行长臂猿）正式得到学界认可。这种珍稀动物在我国野外已不足150只，高黎贡山是它们真正意义上的避难所和安全家园，蔡芝洪就是它们最得力的卫士之一。

为了便于监测研究，蔡芝洪和同事一起"习惯化"了一个高黎贡白眉长臂猿家庭，并跟踪记录至今。2016年4月19日下午，蔡芝洪在跟踪过程中遇上暴雨并发现树上的猿群加快了移动速度，偏离了素日的行动路线。出于对猿群安全的担心，他忘记了迷路的危险，不顾暴雨包裹身体凉透内脏，忽略了在陌生泥路上摸爬滚打的疼痛，一直紧追不舍。果然没多久，一只小猿便从树上失足掉了下来，蔡芝洪一跃上前，抱起小猿查看，确定它未受重伤，便双手托举，帮助它上树与父母汇合，重新上路……那一天，蔡芝洪追着猿群直到它们落脚于一棵大树。风小了，雨声渐宁，他用湿漉漉的衣袖抹抹眼睛，看向上面的猿群，发现它们也都在看着自己。他靠着一棵大树，低头审视自己，见双臂布满划痕，裤腿已被枯枝乱石撕碎，鞋子已经破得不成样子，鲜血不断地从脚底流出来……

蔡芝洪告诉我，那天说是他帮了小猿，其实是猿群救了他。他判断，猿群预感到平时走的路线风大雨大，暴雨中会有泥石流之类的危险发生，因此另找路走，把他也带到了安全的地方。类似的事情让他坚信，当护林员以来之所以每次遇险都能化险为夷，完全是从事保护工作带来的福报。天命之年的蔡芝洪因此心里特别踏实，想得少，吃得下，睡得香，身体健壮。

虽苦犹荣，睡觉踏实，这种感觉杨申品和彭大周都有。

杨申品是腾冲分局大塘管护站的护林员，彭大周是隆阳分局百花岭管护站的护林员。两人各属一个分局，分别行走在高黎贡山西面和东面，却有很多共同点：都出生于1986年，都干过"某种坏事"，都痴迷于护林和科研调查，并且协助科学家发现了一些新物种。

出生于腾冲市大塘村的杨申品上学很晚却"出道"很早，2004年初中毕业就开始四处打工养活自己。早些时候，他到缅甸帮人砍树、运木料。一个人在境外打工，红豆杉、香柏、黄杨等珍贵树木他都砍过，油锯一开，一棵棵长了不知多少年的大树瞬间倒在眼前，开始心中并没有负罪感。因为在那里，老板花钱买树，砍伐是公开合法的，杨申品出力挣钱，心安理得。只是时间久了，打工的山头逐渐变秃，一眼望去便生出些说不清的难受和不安。外国的树也是树啊，有时候忍不住在心里对比，他便想念故乡无边的绿。

2009年杨申品回乡，报名当了一名护林员。巡山的日子，身上少了斧头和油锯，目光不再停留于大树根部，而是被林中的嫩叶和不断闯入眼帘的动物吸引，各种生物一下子变成了亲密伙伴，让他身轻如燕。在履行护林员日常职责的同时，他多次参与资源调查和科研监测，竟然迷上了生境阴暗、长相也不太美观的两栖爬行类动物。他积极参与相关调查和标本采集制作，配合科研人员记录了高黎贡山特有的两栖类爬行动物72种，亲手采集标本55种，全程协助专家发现并发表了3个新物种，分别命名为腾冲拟髭蟾、腾冲掌突蟾、腾冲齿突蟾。这几个名词，他重复了两遍。见我仍然瞪着眼睛，便执笔在我的采访本上一挥而就。面前的他虽然只是初中毕业，但多年的山林"进修"已让他的文化水平今非昔比，2019年他被单位聘用为"技术型护林员"，还通过自学拿到了西南林业大学的大专文凭。

在大塘管护站，见到杨申品时已是黄昏，他刚从高黎贡山的山脊上巡护下来。我们聊着聊着，大雨突降，管护站的小院瞬间汪水。他笑着说："幸好你找我，我尽快下来了，不然走慢些就要受这场雨淋了。"

我问他："听说山脊上很滑，走在上面是不是很害怕？"

他说："起初当然怕，走多了也就知道脚该往哪里迈了，上面风大路险，每一步都要站稳踩准，要么安全通过，要么粉身碎骨。"

采访杨申品的头两天，我在百花岭村见到彭大周已是深夜。他的家离村子中心相对偏远，显得十分安静。百花岭村是高黎贡山南斋公房古道的门户，许多户外运动爱好者以此为起点攀越高黎贡山，还有许多观鸟爱好者专门到村里观鸟，因此很多农户都开了客栈。彭大周家也开，但由于位置偏僻，一般游客很少来他家住，接待的通常是来此工作的科研人员。

以前的百花岭是个偏僻闭塞的地方，彭大周职高毕业回家，除了种地便找不到别的出路。他从小就觉得护林员是一份风光的工作，可惜一直没等到名额。在种地的同时，他也不时偷着进山，大动静不敢弄，挖草药、掐野菜、捕捉小动物他经常干。有一年，中国科学院昆明动物研究所一位啮齿类动物专家来百花岭考察，觉得小伙子精干，准备请他当向导。工作开始之前，老师随口问他有没有偷猎，他据实相告。没想到对方劈头盖脸就训斥了他一顿，讲了许多道理，要他保证今后绝对不打猎才肯聘用。从小任性的彭大周生平第一次遇上那么严厉的教训，但心服口服。在随后相处的日子里，工作虽苦，老师却处处替他着想，尽量多地从经费中省出些钱补贴给他。他通过协助科研"挣钱"，也学到了许多专业的知识。

彭大周从小对高黎贡山的鼠类就很熟悉，原来就认得很多种，并且知道它们的落脚之处，只是不系统，讲不出所以然。鼠类不好看，人们也不敢拿来吃，没想到竟然有科学家专门研究它，这让彭大周十分震撼，他出于对老师的尊敬、对每天所得报酬的珍惜而特别敬业。几个月后，彭大周配合那位老师发现并发表了高黎贡山比氏鼯鼠、李氏小飞鼠、云南羊绒鼯鼠3个新物种。家门口的老鼠里竟然藏着别处没有的品种，而且与自己有了关联，这大大刷新了彭大周的人生价值。他利用积累下来的动物观测经验，连续出色地参与了一些鸟类、昆虫、植物观测调查项目，他家因此成了专家们落脚的"科研客栈"。

2019年，百花岭管护站护林员出现空缺，在科研人员中口碑很好的彭大周终于如愿以偿。上岗几个月他才发现，护林员报酬不高责任却重，不论刮风下雨，每天总得走完那么远的路，加之百花岭是观鸟胜地、登山门户，随时都有外来人口进入，你穿着那身迷彩服就等于扛着责任、面对压力。就在两年前，彭大周和同事们在巡护途中发现有人偷猎，追了几个山头将对方抓获，那人却是他的一位亲戚。他愣住了，却没有徇私，按规定通知了森林公安。结果，亲戚被判了刑，其父母、家人从此见他如见仇人不说，还多次将怨恨抛向他的家人，弄得全家忧心忡忡。这件事情让彭大周心情郁闷了很长时间，想过退出，但最终又选择了坚持。

蔡芝洪、杨申品、彭大周，说起话来都不藏不掖，普通话里叫"坦然"，用云南话说叫"直得很"。他们都庆幸自己的人生有过"大转弯"，认为看山护林让他们获得了一定的经济收入，还让自己找到了吃饭睡觉之外的人生价值。

三、人气和霸气

隆阳分局坝湾管护站位于怒江河谷上方、高黎贡山无边森林的下端，有泉水从旁边流下，在站点前方汇成一汪小巧的湖泊。李家华说："这里曾经是我们分局的大本营呢，几代人以此为圆心，老在山中。"

这里也是坝湾管护站护林员余跃江小时候玩耍所能到达的最高处，却是他担任护林员之后的出发点。

我在高黎贡山中采访到的护林员，余跃江是唯一一个90后。他生长于潞江坝，打小抬头便见高黎贡山，却从来没有像胆大的小伙伴那样到深山里玩耍。他家境不好，初中毕业就辗转云南多个城市打工，28岁那年告别外面的世界，进入坝湾站工作。

5年的巡护经历，余跃江乐于说收获，一是高黎贡山以前只是雾中的风景，是这份工作让他了解这座山，小时候仰望中的诸多想象因此得以具体化；二是他自幼身体素质差，开始时工作很吃力，如今已经完全适应，身体也在不知不觉中强健了许多。他跟我讲得最多的是护林前辈对他的触动，说他现在还经常去看望的一位老护林员，守山几十年，曾经一个人在密林深处没有手机信号也见不到阳光的卡点蹲守整整8年，住的是窝棚，吃的是粗粮野菜，回来时言语功能几乎退化，请他讲讲经历，他只会摇头说"记不得了"，几乎无法适应人间生活；说他们站有个小组，每次巡山要从海拔700米到2600米，途经最小坡度也不小于45度，一个单程步行要5小时。有一次余跃江随行，亲眼见一位50多岁的前辈护林员将一块几十斤重的水泥标志桩用编织袋包裹住，硬扛上山，还亲手挖坑埋下去，途中谁提出换一下他都拒绝了。

除了巡护，自己还能为这份工作、为同事做点什么呢？这是余跃江从入职起就不停思考的问题。2019年，他在站长支持下注册了某视频网站的账号，拿出多年打工积攒下来的钱，购置了相机和无人机，开始对护林员的日常工作状态、高黎贡山和怒江风光、家乡的风情和文化等进行拍摄展示。一年，两年，他从摄影的"小白"变成了高手。在他的镜头下，大江浩荡，大山苍莽，独特的民族风情浑然天成，灵动着惊世骇俗的美，吸引了越来越多的关注者，积攒了始料未及的人气。他的观众不停为他们的工作点赞，被他们艰苦而充实的生活吸引，有的人问清游玩的攻略，走进了怒江大峡谷；有的人望梅止渴，请求余跃江帮他们买土特产……于是，余跃江的视频账号和微信朋友圈成了一个小小的集宣传、科普、销售为一体的综合窗口。

打开余跃江的朋友圈，便见他不时在热热闹闹地推销。我很好奇通过网络能挣多少钱，他告诉我，以水果为例，一单网购的纯利润高则10来块，低则不赚分文，不亏钱就行。怒江峡谷物产丰富，尤其是一年四季几乎都有水果成熟，但由于交通等因素限制销路不畅，老百姓种植的芒果、核桃、龙眼、青枣、柑橘、百香果等等，一旦成熟，短时间卖不出就要坏，看着心疼，大多数时候余跃江都是义务在帮亲戚朋友、村里人推销，基本谈不上赚钱。要说赚就是赚了些人气吧，这一点才是他看中的："在周围的村庄里，我还算是有人缘的，走到哪里，说起高黎贡山的保护人家都能耐着性子听。"余跃江因此觉得快乐，日子过得紧巴点也无所谓。

他用短短5年时间收获了些人气，有一位老护林员则用漫长的40年、用毕生时间积攒出了霸气。

　　李定王这个名字本身就有些独特，多少体现了高黎贡山中的傈僳族人的豪放秉性。第一次接触这个名字是在去年，我在编写有关三江并流的图书时见过他的资料。资料里这样描述被人们尊称为"山大王"的李定王每一天的工作："迎着朝阳，踏着晨曦，一件马甲、一个袖章、一把长刀、一壶水，开启一天的巡护。傍晚，披着彩霞，一身疲惫，回到管护点，记下当天的巡护日志，心里想着第二天的工作重点，规划好线路，这才结束一天的工作。"应该说，"迎着朝阳出发、披着晚霞回家"是大多数护林员的常态，但李定王保持这样的常态长达40年，在这支队伍里无疑具有代表性。

　　腾冲市北端，高黎贡山保山段有23公里中缅交界的国境线，李定王家世代居住在这里，守土有责的意识与生俱来。1983年，高黎贡山保山段管护局成立，刚成年的他第一个到腾冲分局自治管护站报名参加护林，从此与高黎贡山朝夕相伴。2005年，他当上自治站大竹坝管护组的组长，就这样一路干到年过花甲，是我见过的护林工龄最长的人。

　　在见到李定王本人之前，腾冲分局陪同我采访的陈映照女士给李定王打了好几个电话，回答是"在山上""在返回路上"。乍一见面，感觉李定王是一个很平和的人，健壮不如隆阳分局的蔡芝洪，威猛不如腾冲分局副局长兼自治站站长姜兴伟，他"山大王"的霸气在哪里？随着交谈的深入，李定王谦和的表情逐渐改变，目光深邃如密林。

　　由于地处两国交界，加之辖区面积大，山高坡陡，地形复杂，自治站辖区很多区域至今没有道路也没有通信信号，什么手机信号、卫星定位，在这里基本都起不了作用，巡山只能靠双眼、玩直觉。基于这一点，经验老到的李定王被同事称为"指南针""定位器"，有他参与的巡护就没有迷失的可能。行走在密林里，但凡遇上可疑的人，不用对方开口，李定王一眼就能判断是中国人还是缅甸人，是"不听招呼"到林子里观光游玩的人还是心怀不轨者。几十年间，他在自己的巡护区域不止一次遇上擅自闯入的异邦人，而且往往都身携砍刀、猎枪，一旦遇上就是针锋相对，李定王次次不躲不闪，不胜不归。有一次，他和一个伙伴遭遇一群手持长刀的人，他用傈僳话规劝对方离开，对方却以汉话谎称自己是中国人，是来山里游玩的，带刀只是为了防身。李定王当然不信，他劝说无效，便朝同伴比了个手势。同伴会意，小跑拉开一段距离，掏出手机假装向上级报告，吓得几个异邦人转身就快步离去。李定王不动声色，目睹对方消失在边境线外的山坡上，才与同伴会心大笑。

内外有别，巡护时遇上自己的同胞，李定王更重感情。这些年，通过各种渠道的大力宣传，高黎贡山傈僳族同胞的生活习惯有了根本性改变，但还是会有少数不法分子偷偷摸摸到林子里搞点山茅野菜或野味。让李定王抓到了，轻则劝说教育，重则照章处罚，甚至对亲戚、熟人也敢"大义灭亲"。李定王之所以被人们称为"山大王"，除了他守山一辈子之外，还有个因素就是他经常晚上串门，而且走进亲戚、邻居家里总是三句话不离山，不离保护的重要性、偷伐盗猎的危害性。他的宣传以反复见效，影响了众多同族乡亲。

走在深山，李定王喜欢听动物的鸣叫，最喜欢听长臂猿对唱。自治管护站的辖区现有4个家庭共13只高黎贡白眉长臂猿，是2014年开始，他带领监测队伍奔波了数年才摸清楚相关情况并"习惯化"的。每次，李定王听见长臂猿对唱就会驻足聆听。他相信它们之间的对唱像人一样有内涵——或打招呼，或表达爱意，也有可能是拌嘴吵架……这样听久了，他便成了"翻译"，经常根据自己的理解，将长臂猿的"对话"描述给同事、专家们听，虽然没有"科学价值"，但也是野外生活的一大乐趣。

李定王护林善于抓重点。他认定山火是威胁青山的洪水猛兽，所以他巡山的第一要务永远是防火，尤其是国外"进口"的山火。1999年，他们巡逻时偶然看见很远的地方冒烟，李定王断定是境外发生了火灾。他让同伴返回报信，自己却一路奔跑到火点，守在界碑旁，直到更多的同伴赶到，采取了防止火灾过境的措施。2009年，同样的事情再一次发生，缅甸境内森林着火，第一个赶到附近的还是李定王。区别只在于，他报告时用上了手机，增援人员赶到更及时，又一次避免了国境内的山林蒙受损失。而在每次巡护和遭遇险情的过程中，李定王和他的组员都能做到队伍整齐，人人坚守最前端，从来没有任何一个人退缩、离岗。如此"领导有方"，他多年来的秘诀便是遇险冲到最前面、一起搭伙吃饭比人多带些米和肉、发生争执多让着别人。

我估算过一下：李定王守山40年，一年就算只有三分之二时间巡山，一天就算20公里，他的双足也在中缅边境的密林里走过了至少20万公里。放在一般人身上，体力撑得住膝盖也撑不住，身体受得了心理也受不了，自己无所谓，家人也会"造反"的。

坚定，坚持，忽视回报，这便是"山大王"的霸气。

四、真刀真枪

很久以前，在一次天翻地覆的地壳运动中，印度洋板块和亚欧板块互不相让，连接处只好隆起，高耸成了海洋文明和陆地文明交汇的"纪念碑"，被后人称为"大地的缝合线"。在高黎贡山所有的雅称或别名里，我最偏爱的就是这个，无论读起来还是扫一眼都会有撕裂和疼痛的感觉，似乎在警示我们：美的诞生和存在是有着风险、要付出代价的。

有一部著名的电影叫《可可西里》，猫捉老鼠的故事，彰显了保护者的英雄本色，也充分展示了盗猎者的凶狠；还有一部电视剧叫《历史的天空》，一位叫姜大牙的将军，以正义较量邪恶，勇猛忠诚。没想到，在影视剧里才能见到的场景，在高黎贡山里曾经发生。

2014年4月24日上午，晴，高黎贡山隆阳管护分局芒宽管护站小松山附近。

坡陡树密，护林员张春义与几个伙伴正艰难地前进，其中一人突然摸摸口袋，说手机掉了要沿着来路去找，4人只剩3人。走着走着，他们的组长抬了一下手，3人止步静听，隐隐约约传来油锯伐木的声音，只是由于太远，分辨不清准确位置。组长分析，去现场已经来不及，赶过去人早跑了，只有一个办法，下山，在对方可能返回的小路上去堵。他们立即行动，下山的小路若干条，他们只能靠双脚和感觉去奔跑。

六七个小时过去，组长再次示意安静，手指处，见几个人坐在林间的坡地休息。他们判断，应该就是这伙人了。组长立刻跑到旁边沟里，悄悄打电话向管护站报告。在电话里，站长嘱咐，对方人多，让他们原地监视等增援即可。3个人不得不就地隐身，目睹对方分吃食物，有说有笑，而自己喘口气都得放缓，生怕被发现。不久，下面的人影晃动，对方像是要走，这就不能再等了。3

人立刻起身，各捡了一根木棍在手。组长特别交代："一会儿尽量稳住他们，万一动起手来，只用木棍不用刀，只打身体不打头。"

事情并非想象中那样简单，当他们追上黑影，才发现对方是8个人，人人有刀，还有两把猎枪，刚刚盗伐的两根木料就放在地上，一看就是珍稀树木。组长走在前面，刚询问了一句，对方一把猎枪就抬了起来。他们上前阻止，混战就那样开始了。对方8个人之中，有一人拿枪对准精瘦的张春义，其他人分头扑向组长和另一位护林员，显然是早就做好了打架准备。张春义不敢犹豫，甩动木棍，三下两下就将对方的枪管打断了。他回头一看，被数人围攻的组长已被打晕在地，另一同伴也已被对方两人控制。眨眼之间，两三个人一起挥舞枪托、长刀朝着他来。枪托先到，他躲开了，又一把长刀直劈脑袋，他只好后退，同时抬起左臂去挡，不经意一脚踏空，人从一道土坎跌落。

在土坎下面，张春义发现头上的血已经流满脸颊。伸手摸头，不知伤口多深；再看左手，从手腕到手肘之间都在冒血，小臂的伤口长达十几厘米，吊着一块白森森的皮肉。他知道自己已经无力反击，又担心同伴的生死，便忍着疼痛，将手机放在地上，迅速了拨通站长的电话："我还活着，就不知他俩咋样了……"这句话说完，他便陷入了半昏迷。

站里的同事赶到现场，将3人送进医院。张春义被一把长刀砍中头部和手臂，受伤最重。在经历了手术，清醒过来那一刻，张春义悄悄伸直右手，用力掐自己的腿，很疼，他知道自己安全了。守在旁边的同事告诉他："老天有眼，你头上缝了4针，左手臂缝了7针，但都没伤到骨头。"

2023年7月3日下午，怒江峡谷里的隆阳区芒宽镇闷热异常。亲历一切的张春义似乎比较镇静，语速一直平稳。悬心的反而是我，听到这里才张开嘴巴猛吐一口气。他低下头，发丝间的伤口恢复得很好，基本不见痕迹；再扬起左手，我看见他小臂外侧那条"抛物线"清晰可见，定格为大半个狭长的椭圆形，特别扎眼、狰狞。张春义还跟我描述了那把长刀的形状，我不想过多复述，总归就是大刀利刃吧，被一个亡命之徒双手握住砍过来，若没有张春义的手臂挡一下，恐怕他的脑袋就要开花；若没有那道土坎，恐怕第二刀还会跟着来。

　　当天，盗伐者伤人后全部逃遁，后来被公安部门一一抓获，受到了法律的制裁。张春义在医院躺了一个多月，出院后在家休养了整整一年，换了一个管护站继续护林，几年前被调整到高黎贡山防灭火专业队芒宽中队。我对此欲言又止："还敢干？不怕再遇上点什么吗？"他说："没想那么多，都死过一次的人了。"

　　与张春义相比，其实姜兴伟所经历的凶险次数更多，因为他保护的区域比高黎贡山保山段任何地方的情况都要复杂：腾冲市明光镇自治村位于高黎贡山一侧，离腾冲市区100多公里，高黎贡山绵延到此，在内是云南保山、怒江两州市的连接点，在外是中缅两国国界，地形交错，往来人员混杂，腾冲分局自治管护站设在这里，是高黎贡山保护的最前沿，历来与偷盗者的斗争最为激烈。

　　姜兴伟2002年大学毕业就成为腾冲分局的一员，2007年被任命为自治站站长至今。他认为辖区的环境安全也即国土安全，自己不只是一个普通环保工作者，而是一名不着军装的卫士。

　　客观上，辖区内有红豆杉、黄杨等珍稀植物，还有高黎贡白眉长臂猿等特有动物，高黎贡山的珍稀物种太多，免不了总有不法之徒以身试法，这就是姜兴伟和自治管护站每天都要面对的问题。2017年2月4日，正是万家团圆的春节，姜兴伟在站里值班。中午，他嘴里嚼着盒饭，面前摆着电话。饭没吃完，电话响了，巡山的护林员报告，说他们发现9号界碑附近有一棵黄杨被砍伐，还没来得及运走，估计盗贼晚上就会出现。黄杨被称为"树中君子"，挺拔伟岸，生长速度却很缓慢，成年大树不可多得。姜兴伟听完浑身一紧，像自己挨了一刀，立刻召集人手就往山里狂奔。

　　平时要走6个多小时的险路，他们那天只用了一半时间。与山中的人汇合后，姜兴伟立马布置，宣布了他在路上想好的前往砍伐现场堵截的路线和策略，并带领大家在天黑前赶到现场，设置了包围圈。夜里，两名盗伐分子出现，自以为空山无人，站在倒地的黄杨旁边还在说笑。姜兴伟第一个冲上去，大声喊叫以震慑对方。对方被抓个冷不防，二话不说便拔出长刀挥舞，想趁夜伤人逃跑。对此姜兴伟早有准备，他带着8个同事，9根木棍对敌，占据了优势。对方见他们人多便拼命躲避，企图寻机逃跑，几次都被姜兴伟挺身堵住。僵持了半个多小时，大家合力把两人逼到一个土坑边，制服了他们，并根据他们的交代，又抓获了另一名嫌疑人。那夜，当他们押着偷伐者回到自治站，天已复明。受了轻伤的姜兴伟脱掉衣服检查，才发现衣裤上有多处被长刀划破，分别在胸口、衣袋、衣侧、大腿等位置，只要有哪怕一次闪躲不及，他早已倒下。

姜兴伟笑言，在边境工作，他们都得有"好了伤疤忘了疼"的乐观。同年5月，姜兴伟带领17人抵达边境，开展一次常规的深度巡护。鉴于队伍较大，担心遇上犯罪分子容易打草惊蛇，他从队伍中分了4人作为先行小队。没想到这一分就出了奇效，先行的人静悄悄搜寻，不久就发现了猎狗的叫声，用对讲机报告了大致方位。姜兴伟在加速赶去会合的途中，脑子里剧烈转动，再次根据经验和直觉制订了计划。他把自己的人分成3组，两组侧面夹击，他带一组从正面围堵。布置完毕，人员就位，18个人就像隐藏林中的18棵树桩，连呼吸都怕惊动了飞虫。时间变得漫长，等待的每一秒都是煎熬，3名盗猎者终于鬼鬼祟祟出现了，直接朝着他的小组走来。姜兴伟率先现身，面对3个黑乎乎的枪口展开心理攻势："站住，你们别抱幻想，我们人很多。我是领头人，下了死命令，只要你们敢开枪，我的人就会把你们当场击毙。"言语间，3个方向的同事迅速合拢，势如铁桶，3名犯罪分子垂下了手中的枪。姜兴伟上前一看，对方的武器精良得吓人：一支三八大盖，一支五六式冲锋枪，一支射钉枪，前两支是标准的军用武器，子弹都上了膛，保险也已打开，只要扳机一勾，恐怕就要有几个人倒下，而他毫无疑问要第一个牺牲……

听得出来，他们每次遇到极端情况都像赌命，闯过了就没事，闯不过人可能就没了。而身为站长，姜兴伟的"绝招"便是勇猛向前和指挥得当。他形容自己"就像一张嘴"，硬的时候像牙齿，软的时候是舌头。熟悉他的人因此喊他"姜大牙"，边防和武警部队的战士们则称他为"编外连长"。除了没穿军装，这个"连长"名副其实。他深耕自治站20多年，对自己辖区的地形、物种、距离等情况了如指掌，每一任驻自治边防部队的领导都要找他请教、咨询。2010年，根据保护区的执法人员没有武器、缺乏防护装备的实际，姜兴伟经过深思熟虑，提出尝试与边防部队开展联合巡护。几次下来，他们发现震慑效果相当明显，于是很快向上级作了汇报。近十年来，自治管护站与森林武警、森林公安、边防部队进行了多次声势浩大的联合巡逻，"风声"过境，境外越境偷盗的黑手销声匿迹，姜兴伟的"发明"被作为宝贵经验在云南省情况类似的多个保护区推广。

姜兴伟在自治站当了16年站长都没能动一下窝，原因是这个特殊的阵地需要他这个硬汉。几年前，上级特意提拔他为腾冲分局副局长，但工作地点不动，还兼任这个站长，连工资都没涨一点，因为他拿的是"高级工程师"工资。姜兴伟明白，提拔是组织对他的鼓励，因此不好意思也不可能随便提出离开。自然，他不着家也管不了家。他的妻子是他一生最爱也是最要感激的人，他们认识于玉溪师范学院，上学时好感强烈，毕业后一个在腾冲一个在玉溪，相距800来公里，在思念中才隔空恋爱。2004年，女朋友顶着家庭压力跟他结婚，结了婚还是"单身女"，独自在玉溪工作生活、生养孩子。直到2014年她调到腾冲工作，两人的工作地点依然隔着上百公里，基本上还是"单身"，无怨无悔，不离不弃。

采访完姜兴伟等人，我仿佛觉得青山也如沙场，守山人每一天都迎着风刀霜剑，还得提防真刀真枪。

五、爱情小道

整顶，滇西G556国道沿线，高黎贡山山顶偏西处的一个小地名。这个地名正如这座山的名字，有点怪。

"高黎贡山"四字的来历有很多说法，比较通行的是这座山很久以前的居住者是"高黎人"，而"贡"便是"山"的意思，可说成"高黎人的山"或"高黎家的山"。那么"整顶"之名又缘何而来呢？我请教了多人，都不得要领。

那天，汽车从怒江边蜿蜒而上，越过山脊，又下行了一段后在雨里停下。有人上前，握手之间传达出男性的风格："你好，我是站长周应再，应该的应，再见的再。"我有些吃惊：印象中，出没深山、风餐露宿的管护者一向都是男儿，腾冲分局海拔最高的整顶站怎么就站出来一位女将呢？

坐下之后我说："周站长的名字很特别，但我想冒昧问一句，'再'字为什么不是存在的'在'呢？我记得在汤世杰先生的书里……"她闻言一笑："你也认识汤老师吗？当初我爹妈起的名字的确是'在'，汤老师来这里采风的时候还用着，'再'字是我后来自己改的，觉得'再'和'周'外形很般配，都苗条，哈哈。"

汤世杰是令我敬重的云南老辈作家之一，今年初不幸辞世。他10多年前出版过一部匠心之作《在高黎贡在》。周应再接着说："汤老师为写那本书来过很多次，有一次我专门给他做向导，他也说'在'字很好，高黎贡山就是个自在好在之地，他要用作书名。我跟他开玩笑说，汤老师是偶尔来几天，你要天天像我一样蹲在这里，可能就不会觉得好在了。"

以性别作切入点，谈话中周应再总是边说边忍不住笑。她自称是个"家乡宝"，从小生长在整顶村，长大也不喜欢城市的喧闹。20世纪末从学校出来，她被分配到腾冲分局大蒿坪管护站当了一名护林员。有了正式工作，而且上班离家不是很远，起初她心满意足；甚至还因自己是全站唯一女性、宿舍住单间而开心呢。然而，护林员的办公室就是山野，你是女性也得面对。很长一段时间，她跟随男同事巡山，单每天步行的强度就让她吃不消。每当累到走不动的时候，摔跤的频率也大大增加，疼痛难忍，眼泪自动在眼眶里打转，甚至想一屁股坐在地上放声大哭。然而这些本能都不能纵容，自己累，男同事也很累，不咬牙跟上就会影响团队的节奏。有几次，她装作揩汗而抹泪，泪水还是不断线，干脆抢过男同事解乏的酒壶灌一口，趁机猛然咳几声，让眼泪"合法"地流、痛快地流。到了吃饭的时候，大家从背包里拿出冷馒头，周应再勉强咽两口就被噎出眼泪。有男同事说声"小周我教你"，地上拔几枚又苦又辣的野葱，随便抹抹泥巴就放到嘴里嚼一嚼，就几口馒头咽下去……

穿着一样的迷彩服，走在循环无边的辖区，周应再渐渐不输男儿，似乎淡忘了自己的性别，但尴尬的时候还有。在他们通常朝发夕归的工作里，每月少不了一两次集体出行的深度巡护，来回数日，吃住在山里。起初她胆小，而且出于安全需要，夜里只能钻进睡袋，跟男同事们挤在同一个帐篷。山头难见平地，宿营地总有坡度，睡不稳。周应再要么睡不着也不好意思动、呆呆地干

熬，要么睡着了被男同事的鼾声吵醒。醒来才发现，自己本来是睡在最端头
的，怎么就滚到了男同事中间，你挤我压叠成一团？她不忍吵醒同事，又不好
意思继续那样睡，便慢慢挪动身体，轻轻从人堆里爬出来，睡到一边。等天亮
大家醒来，一看她还是裹着睡袋滚在男人之间，蓬头垢面，睡得比谁都香。男
同事一个个笑岔了气："小周啊，老天作证，是你睡不稳滚下来，可不是我们
想占你什么便宜。"

　　20多年来，周应再先后在过好几个管护站工作，其中在整顶、大蒿坪和界
头管护站时间最长，足迹构成循环的三角形，与丈夫余新林一直保持不远不近
的距离。

　　她参加工作的时候正好遇上整顶管护站成立，比她早几年工作的同事余新
林刚和她认识几天就离开大蒿坪，到整顶当了站长。无形的种子，分开才悄悄
萌芽。那时，两站之间往来只能靠步行，走个单程至少要3个多小时。你来或我
往，余新林走得多些，周应再也走。林深雾大，小路若有若无，多些时日不走
便会被枝叶掩盖，一个人行走难免胆怯，全靠心中那团炽烈鼓舞，相聚一小会
儿，来回得独行深林两个半天。这段往事汤世杰也在《在高黎贡在》一书中描
述过，说从大蒿坪到整顶是余、周二人的"爱情小道"。

　　他二人从本世纪初恋爱结婚，工作地点就再也没重合过，大概是你在大蒿
坪我在整顶，你在整顶我在界头，等你到了界头我又去了大蒿坪……直到今天
依然，他是大蒿坪的站长，她是整顶的站长。都当站长，想随便穿过"爱情小
道"相会一次就更难了——没时间。爱情延长了，路径也变得更加复杂曲折。
我开玩笑说："夫妻夫妻，最重要的便是在一起，你有没有算过20多年有多少
日子在一起呢。"周应再依然大笑："天天在一起啊，在同一座山里……其实
大人不在一起没关系，关键是小人受委屈了。"

　　她口中的"小人"即她的女儿，如今已是一名大学生。忆起孩子的小时
候，女汉子流露罕见的内疚。女儿生下来就是她一个人带着，余新林只能当个
甩手父亲。孩子一两岁的时候，周应再要进山时，就把她托付给炊事员阿姨领
着。离开妈妈的日子多了，女儿也早早学会了照顾自己。她4岁开始就能独自在
家过夜，自己上幼儿园，后来上小学更是，去到整顶村，大约两公里路，中午

还要回到站上食堂吃饭，一天两个来回，绝大部分时间都是她自己来往……我难以想象，甚至有点不相信，那么小的孩子，一个人在家，白天还要来回走两趟山路，当妈的不担心吗？周应再说她一开始也提心吊胆，后来才发现小人有"保镖"。她说的"保镖"，是整顶管护站养的两条土狗，一条长得难看，但性情忠厚，被称为"土匪"；一条好看些，特别敏捷，被称为"黑豆"。孩子从小与两条狗耳鬓厮磨，感情早已滋生，等她上了幼儿园，两条狗不知从哪一天开始，每天早上自动恭候，看见她出发便跟随，直到她见到老师；估摸着她放学，又会按时跑到学校门口迎接。凡路上遇到坡坎，两条狗还会"分工"，一条在前面、一条在后面，呵护孩子通过。它们忠心尽职，一直坚持到孩子上小学三年级。

也许是因为有同事的帮助，还有两条狗的"懂事"，周应再干着一份男人干的活，当了一站之长，还一个人拉扯大一个孩子，对自己的丈夫却只有欣赏没有怨言。在她的眼里，余新林这个人话不多，喜欢默默干实事，在工作上算是自己的老师，在家事上也细心耐心，有主意还有道理，自己反而是粗枝大叶的人，所以她总以丈夫为主心骨。我拿这话向余新林求证，他的回答又让我笑出了声："总体来说是这样的，正常情况下她尊重我，也听我的，但被惹毛了的时候可不是这样，那分钟她才是大丈夫，我只能是委曲求全的小媳妇。"

其实，余新林听说我的行程紧张，特意从大蒿坪赶到整顶接受采访，这已体现了周应再所说的细心。提到女儿，他的内疚似乎更甚。20多年，夫妇各在一站，余新林感怀妻子的辛苦，惭愧于孩子怎么长大的他都说不清。他告诉我，孩子很小的时候，他只能一两个礼拜回家一次。见面、相处太少，孩子一直拿他当外人，每次一见他就哭，躲他，不让他抱，弄得他不知所措，甚至周应再反复做孩子的工作也没用。第二天余新林要走，做父亲的万分难受，孩子也是号啕大哭。不过，那不是舍不得爸爸，而是认为余新林这个"外人"拿了她家的东西……如今，女儿在昆明上大学，夫妻俩得空去学校的时候还会说到这些往事，已经成年的孩子还是嘴不饶人："爸爸，童年的时候，你就是我心中那个总闯进家里抢东西的坏人。"

余新林的老家就在腾冲城附近，是90年代稀有的林业大学科班生。1996

年他回归高黎贡山，近30年的守山工作有时竟与"人在天涯"无异，结婚照顾不了妻子，当爹照顾不了孩子，做儿子照顾不了老人。20多年来，因为工作特殊，别人休息的周末、节假日他总是轮值，他要回家看看父母，往往得利用到市区开会的机会，每次匆匆忙忙，母亲总数落他"屁股坐不稳家里的凳子"。老人的数落是有原因的，余新林虽属70后，在家里却是同辈中少有的独生子女，他长期在外，父母的日子多年孤独。去年年初，他在山里接到母亲电话，说他父亲"可能不行了"。他安排完站里的工作，履行完离岗报批手续，驱车越过几十公里路赶回家里，见74岁的父亲背靠叠得整齐的被子、穿着崭新的衣服坐在床沿，一眼看去似乎正专心地等着儿子……余新林扑过去喊"爸"，无应，才发现父亲人已冰冷、魂已归西，旁边的母亲泪满双颊地说："儿啊，谁也不敢动他，你爸在等你……"

余新林耳朵里塞着助听器，那是9年前一次深度巡护途中，一片茂密的竹林挡道，不得不低头穿越，行走间无数野竹掠过耳廓，钻出来只觉得左侧寂静，左耳极不舒服。事后一检查，他的左耳膜被彻底贯穿，让他刚过不惑之年就成了"三等残疾"。他本来就是个少说话多做事的人，耳朵不好使，与人交流更困难了，但头脑异常清晰理性。近30年与山林为伍，夜对孤灯，愧疚、不幸连连，一次又一次受伤，面对这些，他没有简单以一句"为了什么而无悔"作为结论。他诚恳地说，人生在世首先得"活"，没有谁能天生超越生存只思奉献。因此他也好，妻子也罢，他们的经历、状态谈不上"高大"，也不值得大书特书，无非是占有一个岗位、领着一份工资，一直觉得要对得起这份待遇而努力去做而已。余新林说他此生的心愿就一个："希望通过我们的坚守，让大树杜鹃等珍稀植物长满树林，让豺狼虎豹都回到高黎贡山安家。"他还说，其实跟人类相比，传说中的豺狼虎豹都不可怕，你不惹它，它就不会伤害你。

离开整顶站的时候，一早就下着的雨依然没有停的迹象。这就是高黎贡山"三个月只下一场"的雨吧？心里回响着余站长的那句话，我突然发现，他所期盼的多样性更丰富的动植物乐园，岂不正好跟人间万家富足安宁相匹配？上了车，我与腾冲分局专门赶来带领我采访的陈映照女士继续这个话题。她告诉我，高黎贡山过去有虎豹，只是近年难觅踪迹；而豺狼也非只是传说，豺已经在今年首次发现，还有老百姓听见过狼的叫声……听其言，凭直觉，我猜她也胸有成竹，细谈果不其然。

陈映照是70后，腾冲分局的同事都喊她"老陈"。就是这个老陈，师范学校毕业，却在教书两年后的1996年，因为热爱而投身保护事业，主动要求调到偏僻的界头管护站，一干就是18年，专业上从白纸一张到技术骨干。27年来，她无数次进入深山进行动植物调查、标本采集，参与发现和监测过许多珍稀物种如白尾梢虹雉、云猫、大理铠兰、杉林溪铠兰、滇桐等。就在2022年，腾冲分局向外界宣布在高黎贡山发现了冬青大蚕蛾这一稀有物种的消息，引起了外界的关注，再次证明了高黎贡山自然保护的巨大成效。而第一时间发现和确认冬青大蚕蛾的人就是她。

高黎贡山大树杜鹃是世界现有近千种杜鹃花里最壮观的"杜鹃之王"，树高可参天，花朵直径可达25厘米。前些年，由于自然死亡等原因，大树杜鹃一度濒危。2014年4月，年过不惑的陈映照受命参与为时3个月的大树杜鹃野外调查。当时，她的女儿正准备高考，做母亲的本能是不愿去，工作的责任又促使她不能不去。最终，她和另一位女同事一同走进了一帮男子汉组成的调查队伍中。"这两个女的怕是要拖后腿。"看见她俩，一些年轻的护林员窃窃私语。听到议论，她和女同事互相握手鼓劲，一定要做出点样子让他们看看。在数十天的野外工作里，她俩拼体力干重活毫不退让，专业技术知识更高一筹，博得了同伴们的尊敬。母亲牵挂女儿，每天太阳落山宿营后都要找个地势高信号好的位置与女儿通个电话。某日刚要出门，一只可爱的麋鹿跑到营地旁引颈高歌，被陈映照发现并录了视频。她以此为吉祥的征兆，担心女儿、悬在半空的心慢慢落了下来。几个月后，他们的调查顺利完成，这次地毯式摸排采集了两大片区共1771棵大树杜鹃的相关资料，完成了现场挂牌，陈映照的女儿也顺利考上了大学。

陈映照出生于腾冲乡下，小学时读《徐霞客游记》就铭记了其中一句描写高黎贡山的话："百家倚峰头而居，东临绝壑，下嵌甚深。"她觉得，这句话就是自己投身高黎贡山保护工作的最初诱因。她工作起来常常"用力过猛"，2017年不得不进医院，为自己的心脏搭了桥。可出院后，她像忘了心脏已非原装，不了解的人更看不出她做过这样的手术。她近年痴迷于大树杜鹃的人工培植，躬身像大男人一样挖坑担水，充当无数棵幼苗的"妈妈"，经她手培育成功的树苗已有两批被成功移植到高黎贡山之中。

陈映照的爱人也在腾冲分局工作，叫王天灿。陈映照视丈夫为终生的专业老师，她从学校到管护站工作也是受了他的影响。有些同事就因为这个，开玩笑说他们怕是睡在床上还在讨论生物多样性重要呢。事实上，她调到腾冲分局工作后夫妻反而聚少离多，经常是轮流进山，你去他回。王天灿20世纪90年代初毕业于云师大生物系，是腾冲分局最早的专业技术人员之一、科技科第一任科长。陈映照则在2020年继自己的丈夫之后，被任命为分局科技科的第三任负责人。

难得高黎贡山保山管护局腾冲分局有这样两对双职工夫妻，一对站长，一对科长，四位都是高级工程师，以高黎贡山高处为爱情和事业的"小道"，步履匆匆一辈子。

六、世袭三代护林

也许，护林员这个差事还算不上一份严格意义上的职业。就拿高黎贡山自然保护区保山管护局而言，局、分局、管护站几级管理人员、技术人员和护林员共300多人，体制内正式职工只有100余人。限于国家财力还不够雄厚的原因，还有大部分护林员类似临时工，如李定王、蔡芝洪都是，干一月有一月的报酬……之所以提及这一点，我只是想说，我在采访过的所有护林员身上都感受到了一种超物质的坚持。

这是一条孤独艰辛的路，这也是通往无限未来的高尚之路：李家华、赵玮走出执着，姜兴伟、张春义走出无悔，李定王、蔡芝洪走出安心，余新林、周应再走出深情……还有更多我没有见到的人，他们走过、在走、准备走，走在无边的密林中不为人知，走在高高的山脊上比肩地老天荒。

在高黎贡山东西两面，我还分别遇到两家"世袭"的护林员，他们不善表达却予我以深深触动。

　　隆阳分局坝湾管护站的护林员杨善诚今年29岁、曾经的护林员杨新奎55岁、曾经更早的护林员杨明东75岁。在他们刚落成的新家里，三代男人一起出现在我的视野里，爷爷嘴角的微笑好似天生，永不磨灭；父亲摆弄着刚搬进家的金黄玉米，背上的衣服湿了一大片；年轻的孙辈麻溜抬凳子，上开水，在我对面坐下后伸手挠头，依然是18岁乡村少年的羞涩。

　　关于护林记忆，我从爷爷杨明东话中提炼出来的关键词是"轻轻走、大声说"。在山林里"轻轻走"有很多好处，包括探虚实以备踏空撤脚、踩到蛇和小动物及时绕道等；"大声说"当然是指在野外说话要嗓门洪亮，那是因为山顶风大，声音小了同伴听不清，还有就是故意说话让动物特别是凶猛动物们听见，知道有人来了，赶快避开，避免突然遭遇出危险。杨明东说，他那时看山总是一人，啥也没有，一把砍刀一双脚，怀里揣个自己家做的麦饼，早上天不亮出门，晚上顶着月亮星星回家，渴了就在山里找溪水喝……父辈杨新奎跟我提到最多的关键词则是"油纸"，即塑料布。他当护林员的时候要求更高了，塑料布是他们在林中最亲密的伙伴，尤其是深度巡护的日子，夜来当床，雨来当伞，带在身上很轻，却能管大用。除此而外，我在上两代人口中没问到更多可写的东西，他们朴实得把看山的历程都当成在家门口那条小路散步。

　　孙辈杨善诚告诉我，他跟爷爷、父亲的不同是去过很多的地方打工。他曾经十分仰慕大海，所以打工的地方主要也是沿海，像厦门、广州、深圳、中山等，他盖过房子，做过鞋子，还上过手机流水线，经历的工种很多，而且都能对付。我问他为什么最终还是回来了，他说："爷爷老了，我爹身体不好。"杨善诚从上小学二年级开始，周末、假期的游戏就是跟爷爷进山。十来岁的孩子，进到山里就忘记了什么是累，每天跟爷爷走同样的路，回到家吃几口倒头就睡，仿佛自己也是个护林员。所以现在他还觉得，自己家里有一个男人当护林员天经地义。哥哥也在外面打工，他便主动回家接上了父亲的班。杨善诚说，当个护林员虽然比不上在外打工收入高，但至少还有三个好处：受人尊敬，身体好，心情好。

　　两天后，在山的另一面，腾冲分局界头管护站，高常兴骑着摩托、带着父亲高明荣从高处下来。1977年出生的高常兴一身迷彩服，标准的护林员打扮。

在我的追问下，他只是简单地回忆了一家三代人看山的经历：爷爷高登祥出生于1921年，1963年开始看管国有林，到1987年，看了20多年，如今已经逝世；父亲高明荣出生于1947年，接爷爷的班，看山也是20多年；从2007年开始，高常兴顶替父亲，至今又是16年……三代人看山，时间跨度长达三分之二个世纪，除了管护站的人和村里人，没有人认识了解他们，他们似乎也不需要更多的人了解认识。

我们坐在管护站的墙角，高明荣一直不说话。我转脸面向他，他才淡然一笑："护林么，就是每天出门走那条路啊，走多了好像闭着眼睛也能看见拐弯了，就是那样走，不好玩，也没什么值得说。"我有些失望，合上采访本，起身与父子俩握手言谢。没想到高明荣放开我的手又说："人一辈子咋个过都是过，到头来无非是图个心安。我家三代看山，看见野火不烧山了，树林变密了，一年四季都有花在开，村里不缺水吃了，子孙后代都不会缺了。我现在还养着几窝蜜蜂，蜂蜜多得年年吃不完，缺钱了还可以弄几斤去卖，心安了，也知足了。我们也只有看山护林这点本事，无非是多走了些难走的路，值得。"我来不及记录，便急忙打开了手机录音功能。这段时长不足一分钟的录音是我采访中的例外——我从不录音，只爱倾听和手记。

反复听了两遍，我发现高明荣的话竟朴素地暗含了人与自然的关系和环境保护的悠远意义，便忆起前几天，隆阳区百花岭的村民滕国周也讲过类似的话。

滕国周跟我描述20世纪90年代村里的情景："夏秋的庄稼全靠雨水，老天不下雨就没收成；冬春的吃水成大问题，水井干裂，山沟里也没水，人渴得嘴唇起皮，牲口渴得嗷嗷叫。"为什么会缺水？村里人找不到原因。1994年，中国科学院的一位教授偶然进村，一语切中要害："砍伐过度了，是你们的斧头让你们没水吃。"一些村民听进去了，他们做饭摆小酒，向教授请教解决的法子。教授告诉他们，除了停止破坏、严格保护生态环境外别无他法，建议他们成立一个自我保护组织，约束全体村民。

吃尽苦头的农民说干就干，60多人代表60多户，于1995年冬天，在高黎贡山保护区管理部门、中国科学院昆明动物研究所等多家单位支持下，挂牌成立了"高黎贡山农民生物多样性保护协会"。这是中国有史以来第一个以环境保护为宗旨的农民协会，也是第一个以行政村为依托自发成立的保护组织，他们的主张是"自我组织、自我管理、自我服务、自我发展"，拿滕国周的话说，协会就是"护山队"。

滕国周是这个组织的发起人之一，他见证了协会在保护区管理部门和外界支持下教育山民从"向山伸手"到"拦在山前"的转变中所起的作用，在实施"生物多样性保护与社区发展"等项目过程中发挥正能量。这个当年的村民小组长、今天的村委会委员不间断坚持参与协会工作，最终看到的是百花岭村经过20多年保护和休养生息换来的巨大变化：环境优美，鸟语花香，每年慕名而来的摄影爱好者、观光者多达数万人，带动了全村经济的发展。现在的百花岭，人人都成了护林员，家家都不砍树却不缺吃穿，村子里随便哪里挖下去一两米就能出水，那时候做梦都不敢想的事今天变成了现实。立在百花岭村委会大门口蓝色的协会牌子旁，滕国周的谈话一直在围绕着水说事。

我又该拿什么来做这一章的结语呢？

此次采访的前半段，在怒江大峡谷里，李家华曾用心地领我看过隆阳区辖区内的两个"鸟壁"，一处所在地叫琨琍，一处在潞江坝红砖厂旧址。两处断壁，都是人类修路或取土烧砖所遗，接近村庄，人来车往。不知从哪年开始，竟被来自赤道附近的一种夏候鸟栗喉蜂虎爱上，每年三月便成群结队而来，以嘴在土壁间啄洞为窝，在此产蛋育仔，秋来之前再举家而去。年复一年，栗喉蜂虎在两处高二三十米、长数百米的土壁上分别留下了千万个洞孔，一眼看去就如夜幕布满繁星。我们去时，候鸟数量正盛，觅食归来的栗喉蜂虎，胆大的无视我等存在，直扑自家的洞口，胆小的便在附近枝头徘徊，等待我们离开……

栗喉蜂虎肯定不识人性，自然也就不知筑巢此地的凶险。它们总体来说安全，但被攀爬掏窝、被弹弓打的事情还是时有发生，李家华为了保护它们，奔走呼喊已超过10年。他指着树梢的一只栗喉蜂虎对我说："栗喉蜂虎属国家二级保护动物，被誉为中国最美丽的鸟类之一。它们落脚在这样的地方，已远远在保护区范围之外，冥冥中对路人、附近居民、观鸟爱好者乃至各级政府都是一道永久的考题。"我点头赞同。

　　高黎贡山，这沿着大怒江绵延的"博物馆"，这镇守着边关，仿佛一位铁骨铮铮的"大将"，不正是一个更大的"鸟壁"、一道永久的对人类爱心与智慧的考题么？

第四章　哀牢山生态站的修辞

哀牢山是云南第二大山脉，联合国认定的森林生态系统观察点，世界同纬度生物多样化保有最为完整之地。千百年来，这座山被云雾深锁，自成云贵高原的"西墙"，藏匿着无尽的自然奥秘。

2023年5月中旬，云南久不见雨，天晴得有些过火，我乘车向山，入杜鹃湖畔的大火塘。

大火塘其实就是躲在山中的一片缓坡草甸，属云南省普洱市景东县太忠镇。车到山顶，镶嵌在森林之中碧蓝如镜的杜鹃湖首先扑面而来。隔着湖面远远看去，名不见经传的大火塘就在另一头，三两栋低矮的小楼静置其中，就像几个被谁遗忘在原野的火柴盒。就是这些"火柴盒"，却"装着"一个国家级的生态观测研究机构——中国科学院哀牢山生态站。

我在"火柴盒"里待了几天时间，忙碌而惬意。

忙碌是每天从早至夜，我逐一面对在站的每一位特殊的守山人。为了方便后面的叙述，且容我先列出他们的名字：鲁志云、杞金华、廖辰灿、罗奇、徐志雄、胡小文、李勇、熊紫春、张亮亮、罗成昌、史鸿华……

惬意是聊乏了的时候，起身就能忘我于世间最奢侈的草甸和林地，将烦恼丢给绿意和鸟鸣。

一礼拜后，在昆明学府路，我又找到这个生态站已退休的原执行站长刘玉洪。

至打开电脑，一群陌生人的故事自动生成了几个汉语修辞。

一、比喻：深邃的眼睛

有必要说明一下前往大火塘的路线：汽车从昆明出发，用6小时跑完400多公里高速，经过夹在无量山、哀牢山之间的景东县城，再用两个多小时，从县城出发，再于哀牢山中蛇行70多公里。

全程差不多要一个整天，这是现在而不是过去。

静静立于哀牢山生态站的二层楼上，便见站区只局部竖了些铁栏，没有围墙，站在哪个角落都能直面美景。鸟鸣山更幽，因山高天远而不觉得吵的鸟语蛙鸣不断，反复敲击沦陷于嘈杂城市过久的我。

我眼中的绿意当然不等于科学。据介绍，这里静静茁壮生长着我国面积最大、保存最完整的一片原生亚热带常绿阔叶林，生物多样性世间罕见。也正因为如此，1981年，大火塘在云南省30多个备选地中脱颖而出，中国科学院哀牢山生态观测站落地。

1981年我懂。我虽然不是生态站一员，却是那个年代的亲历者之一。我们不能忘了，那时说是中国改革开放的初期，其实也是国人向贫困挑战的号角又响之时，所有的事情都大不过温饱二字。与此同时，如果我没记错，"生态"这个概念在国际上也才初露端倪，万分奢侈。

因此，在那个年代诞生的生态站，无论决策者、坚守者还是生态站本身，都将因超越客观条件的超前而被历史竖大拇指。

更了不起的是，科技之光一经点燃，就久久闪烁于山野，沿着20世纪80年代、90年代，持续到了新世纪。成立20年后，生态站迎来新的春天，2002年加入中国生态系统研究网络，2005年正式跻身国家生态站行列，逐步发展为国内最大的亚热带生态站、云南最好的生态站。

这个生态站的功能是多元的，其主要任务可以用"监测、研究、试验、示范"八个字概括。现任常务副站长鲁志云告诉我，生态站的基础和核心工作就是监测，就是针对监测范围内的气候、土壤、水分、降雨量、动植物动态等方面，将原始的样品、标本、监测数据长期、连续、客观地收集保存下来，留待供给无限期的研究使用。

可能担心我不理解，鲁志云又举了个形象的例子：样地里的一公斤土壤现在也许一文不值，可将它取回并经处理、检测后，它就有了科学价值；再将实体与数据妥善保存50年、100年，这一公斤土壤就将成为无价之宝，其价值有可能远超同重量的黄金。

我问："是不是可以这样理解，42年来的取样和基础监测数据从未间断，成为你们的最大本钱？"

他说："从未间断应该说成基本未间断，我们的监测水平一直处于全国同行前列。"

以监测立身，生态站多年来围绕着30余公顷科学实验用地、6块长期观测用地、2个气象观测场、1个水分观测场、20公顷大样地、1架55米高森林塔吊、1座33米高通量塔以及人工气候室、生态弹性研究平台、人工模拟增温试验区等综合平台团团转，为打开科研窗口面向全国和世界，立下了汗马功劳。

迄今为止，哀牢山生态站已培养了约百名生态学方面的硕士、博士，诞生了多部专著、500多篇见诸国内外权威刊物的学术论文、4项专利、若干科技奖项；生态站还是一束放射状的光，以其独特的优势不断向整个地球村发射，与国内和荷兰、美国、德国、加拿大等20多个国家的科研机构、著名学府构建了合作交流机制，每年先后来往交流的科学家、教授、学生逾千人。

1986年，无量山、哀牢山国家级自然保护区宣告成立，几十年之后的今天，围绕这两座山建设国家公园的大事正在推进；10多年来，生态站连续组织多个国家的百余名中外科研人员走进乡村学校授课，成为授牌的"云南省科普教育基地"；2020年，面向遥远苍穹的云南景东120米脉冲星射电天文望远镜在生态站不远处奠基；就在2023年4月底，荟萃两山乃至云南亚热带植物物种精华的景东亚热带植物园已悄然开门迎客……这些影响巨大的事件，都与哀牢生态站的工作积累有直接关系。

时空交点的哀牢山生态站就这样具有了体积。

42年来，酒香不怕巷子深，大火塘这块小巧神奇的土地已经成为中国乃至世界生态研究领域的一扇窗口。

20多年前，中国科学院西双版纳植物园时任主任陈进就形容这里是"在宁静里酿造伟大的理想天地"；10多年前，美国东田纳西州立大学刘裕生教授就断言这里是"世界亚热带动植物研究重镇"。2011年，生态站迈入"而立"，时任景东县委书记张瑜认为哀牢山生态站为国家和世界做出了重要贡献，特别称赞它是"人类望向自然的眼睛"，说长期坚守在生态站的人都是"最可爱的人"，时任生态站执行站长刘玉洪因此荣获全县首届"感动银生人物"称号……

而在景东县委宣传部部长余婷婷心中，生态站是"一座高高的塔"，同时又是"一位老朋友"。

余婷婷凑巧与哀牢山生态站同龄，而且刚参加工作就到大火塘所属的太忠乡①当老师。2001年，20岁的她第一次到生态站，"在火塘边缠着站里的科学家问东问西，几乎一夜无眠"。2011年，30岁的她带着一群志愿者参加生态站30年站庆，云集的众多顶尖科学家让她如仰圣殿。2012年，她就任太忠乡的乡长，再次与生态站近距离相对。2021年，40岁的她担任主编，为40岁的生态站编印了《景东画刊——庆祝哀牢山生态站成立40周年专刊》……余婷婷与生态站的缘分，犹如她在一篇散文里抒发的情思："走在生态站旁边静得连你心跳都能听到的原始森林中，自己也变得清晰，生命就这样一步一步，咔嚓咔嚓地敲击着世界……"

是啊，哀牢山生态站的确是一双深邃的眼睛。

二、设问：他为何犹豫

20世纪70年代末，中国科学院决定拓展全国陆地系统生态研究阵地，由云南承担热带、亚热带森林生态系统科研任务。时任中国科学院昆明分院院长的吴征镒先生欣然领命，会同我国著名植被生态学家、云南大学教授朱彦丞等人走遍云南，实地查看了30多个备选地。

吴征镒，清华大学高材生、中国科学院院士。被誉为"植物电脑"的他是中国植物学界发现和命名植物最多的一位科学家，他改变了中国植物主要由外

---

① 2012年12月，太忠撤乡设镇。

国学者命名的历史。哀牢山生态站源于他的拍板，可谓高起点酝酿大作为。

在大家的叙述里，我依稀看到大火塘进入科学家视野的那一刻。

1981年春天的一个黎明，吴征镒率领相关机构的科研人员20多人，天还没亮便在景东县城早起，马车拉着他们，向茫茫哀牢山进发。几个小时后，他们到达山中的太忠，再往前连马车路都没有了。循着原始森林，他们以双脚为车，又爬了5个小时，从海拔1000多米爬向海拔约2500米的山顶，就在人快累垮的时候，杜鹃湖微风扑面，湖周围的每一株植物都像张着双臂。他们以水岸为坐标，小心谨慎地往密林的深处钻，惊走无数鸟兽，终得眼前再亮，大火塘芳草萋萋、鸟唱蛙鸣。

从专业角度，此地得到众专家的一致认可，没想到却难坏了一个人。

昆明学府路，中国科学院昆明分院院子里，我在夜幕下见到刘玉洪，1956年出生的他声音洪亮，仿佛还带着哀牢山的回音。据他回忆，吴征镒先生曾亲口跟他说过这样的话："1981年春天，面对全省包括哀牢山大火塘在内的那么多备选点，我虽然手握一锤定音的大权，却是几天几夜睡不着觉啊……如果只是研究植物，在昆明西山就很好，可是必须兼顾动物呢……"

有些历史，它最让人头疼又着迷之处，是仅得只言片语。我便想，大火塘生态条件那么好，吴老先生为何还那么犹豫？

我问刘玉洪，他也说不好。而当事的吴老已仙逝10年，冥冥之中，只有我自己寻找答案。

好在一打开采访本，里面的"声音"便如清溪流出，说话的都是张瑜书记口中"最可爱的人"。

哀牢山生态站最早不叫"站"而称"中国科学院昆明分院哀牢山生态室"，这一字之差的玄机在于，"室"不是独立的机构，没有专门的编制和经费。

时间：1981年夏天。

地点：荒无人烟的大火塘草甸。

人物：中国科学院昆明分院各学科所涉及人员及就地招聘的农村青年。

经费：从昆明分院紧巴巴的口袋里挤。

凭着上述条件，重复着吴征镒等专家走过的路，大火塘的事业就那样开始了。

落后的交通首先成为拦路虎。

据史料记载，大火塘曾经是古代商道的一个必经地。商人们经此翻越哀牢山抵楚雄，来往于昆明等地。每次在此处歇脚，总要用干柴生火，煮饭取暖，大火塘因此得名。谁都知道，古道取的是"近"而不是"坦"，所经之处往往偏僻、险峻，如闻名天下的蜀道便是典型，反倒成了现代交通网难以企及之地。

大火塘亦然。作为亲历者之一，刘玉洪很清楚地记得大火塘交通的发展。1981年景东县城只有土路通往太忠，2010年才修了柏油路；1987年，太忠乡到杜鹃湖边的徐家坝修通土路，但很难走，车很少；徐家坝到大火塘至今不通公路，汽车勉强行走的，是2003年修建的几公里防火便道。与此同时，夹在两山之间的景东县城与外界间的交通条件也一直不理想，往省城昆明的高速全程贯通不过三两年。

哀牢山生态站的交通状况，可以说早先极差，现在也不顺畅。

刘玉洪回忆说，那时他从昆明出发，坐班车到景东要三天，第四天搭便车或步行到太忠乡，第五天才能走到大火塘。也就是说，假如他要到大火塘工作5天，那他从昆明出发，来回一趟至少得半个月。

刘玉洪在中国科学院昆明分院是搞气象的，哀牢山生态室建立后，气象站的建设就落到他头上。记不清来回跑了多少趟，走了多少路，流了多少汗，他和同事才在杜鹃湖两面、哀牢山西坡和东坡不同海拔处建成了7座气象站。从那时起，他的人生便与大火塘紧密相联，来回奔波。1999年，他被任命为生态站负责人，"我那个站长当得有些凄凉，下去报到的时候，站里在着四名合同工，正式职工只有我一个。"巧妇难为无米之炊，他一边开拓站里的日常工作，一边为生态站的发展奔走，生态站陆续实现了"入网"、获得国家站身份，发展加速。直到2016年退休，户口、家人都在昆明的他才算回到城市，回到家人身边。

交通基本靠走，吃住就更复杂了。那时候，珍贵的米和肉要到太忠乡凭票采购，再背上山，小菜只有到附近寨子找老百姓买一点，辅以洋芋、饼干和草地上采集的野菜，基本上做到不饿就行。

最难的还是居无定所。

这是罗成昌语速缓慢的回忆和描述："早期可以说谈不上有任何生活、工作条件，上班处就是林子，每天只管去钻；住的么，帐篷住过，茅草屋住过，有一段时间借住杜鹃湖水库管理所的羊厩，羊在下面，隔着木杆，人在上面，那个味道啊……被窝又小，翻来滚去，熬不得的时候也就睡着了。"

罗成昌是土生土长的景东人，1963年出生，是80年代较早进站、一直坚持至今还在上班的3个"终身制临时工"（后称合同工）之一。他那两位老伙计去年已经退休，他今年满60，准备退。

我问："那时你们这样住，从昆明、北京下来的专家们又咋办呢？"

他说："一个样啊，还不是有什么住什么，大家一起钻林子，钻累了就一起挤着睡。"

艰苦奋斗的年代，人人都是好汉。

生态站的建筑史大概是这样的：1986年，大火塘的草地上出现第一栋砖木结构的职工宿舍；2003年，供外来人员居住的专家公寓落成。职工宿舍盖得简陋，一用就是30多年，用到漏雨漏风还在用，有的人从进站开始，一住就住到退休。直到2017年，经多年争取，生态站才终于有了一栋新的职工公寓。

16套公寓每套50平方米，不论领导、正式员工、合同工，只要是在站工作的都可以住。天天出没深山老林的人，迟迟地有了一个像城里人一样水电、卫生间配套的窝。

当然，更多的问题不是小小的"火柴盒"就能解决的。

我问过罗成昌的儿子罗奇："在这里工作，你最深的感受是哪方面？"他欲言又止："2014年底我开始在站上上班，那几天雪花飘扬……"小伙子没说出那个字。

同样的问题，罗成昌说得刻骨铭心："冷啊，尤其是那些年困难，白天衣裳不够穿，睡觉的被子也不热乎，就感觉，这辈子没有夏天。"

显然，冷是他家两代人的"通感"。

事实上，这里的冷我已有所领教：5月的大白天，你见太阳当顶，走到室外才知凉风透骨；到了傍晚，山里的天气能在你吃口饭的工夫变夏为冬。

罗成昌在生态站干了一辈子，老伴跟随。他们的两个孩子都在站上出生、站上长大，大的就是罗奇。父子俩是标准的站一代和站二代，站里目前唯一一对父子兵。这两父子都不是能言的人，但说起对冷的感受，我相信没有人比他俩更权威。

就海拔而言，大火塘并不是哀牢山最高点。但论气温，山中恐怕没有比此更低处。自1982年至2022年，这里年平均气温为11.4℃，比景东县城平均气温18.3℃低了约7℃，平均每日最高气温为16.1℃，平均每日最低气温为7.9℃，所记录到的极端最低气温为1982年12月27日的-8.3℃。

这些数字由站里的史鸿华提供，权威可靠。因为气候监测本就是哀牢山生态站的基础观测项目之一。

持久的"冷"是让人难以忍受的，但大火塘还有更恐怖的事物——"湿"，专业点说，就是空气湿度大。数字也是现成的：这里年平均降水量为1833.8毫米，年平均相对湿度为85.2%。

这样说比较抽象，可以作个简单的对比：景东县城年均降雨量1086.7毫米，年平均相对湿度77%。如果还是抽象，我们再换个说法：最让人舒服的相对湿度为50%左右，大火塘的年均数值高于此30多个百分点，雨季时相对湿度可达100%。

有人因此说，大火塘的雨水能浸透每一寸土地，也能泡坏人身上的每一块骨头，再强壮的骨骼只需一个雨季，就会患上风湿。事实也是，凡在哀牢山生态站待久了的人，没有谁能幸免于风湿，腰酸背痛、关节炎那是常事，还有人年纪轻轻就用上了呼吸机。

鲁志云已是生态站常务副站长，但他却告诉我自己曾有两个"不想"：一不想当科学家，认为科学的高深、严谨乃至枯燥不是自己的学识、性格所能为；二不想在生态站扎根，当初应聘来此，心里只打算待三两年。

他的"想"和"为"不一致。他2006年从云南大学毕业后就一头扎入大火塘，一经与林土鸟虫和实验研究为伍便不能自拔，在景东县城遇到真爱成了家，在日复一日的重复工作中丧失了离开的理由，当了副站长、常务副站长，

18年站龄一口气到今天，来日很可能一直延伸到退休。

鲁志云今年才41岁，一眼看去觉得健壮，他却告诉我，自己的呼吸系统出了大问题，睡觉打鼾，呼吸间歇性暂停："说是间歇性，有时一停就能长达几分钟，自己又不知道，随时有可能再也醒不过来。"

别无他法，在站里的职工宿舍和县城的家里，鲁志云都买了呼吸机放在床侧，每逢睡觉都像重病号那样戴上呼吸罩。关于病因，乐观豁达的他呵呵一笑，归结为自己"刚来时不注意保暖，感冒咳嗽爱拖着不及时吃药"。

他瞒不了我。温度，湿度，原始森林的原始，被史料记载为"林深瘴重"之地的大火塘，大自然赋予它的种种戾气才是最大的杀手。

这便是大火塘的客观环境，在这里工作的人一刻都无法回避。

拿鲁志云的话说，在偏远的生态站上班，你采样、跑点的时候就得像个农民工，你实验、研究的时候又得是个科学家。这里虽然是科研机构，但在这里工作不能学什么只干什么，而要做生物、土壤、气象、水分监测和分析研究都要会、都要干的全才。原因很简单，生态站人手有限，工作门类却很多，每个人工作可以有侧重，但同时也要随时准备顶替任何一位同事。

这话并非"领导要求"，而是站里每个人的常态。李勇是职工食堂的掌勺，被大家尊称为大厨，他一个人操持全站职工和来站人员的一日三餐，来人最多的时候要在同事们帮助下抬出一两百人吃的饭菜。但李勇也说，虽然领导考虑他忙，除了煮饭别的什么都不要他干，但他除了通过不断提高厨艺让大家吃得更可口之外，还准备每天腾出点时间跟大家学学，以图在业务上帮同事做点什么。

什么都会，样样都干，杞金华也是这样做的。

未见杞金华之时就听说他有"特异功能"：哀牢山植物里的壳斗科、樟科、山茶科、木兰科"四大金刚"他都能找到"种"，要哪种他就立刻带你看哪种。

我看见曾经的义务兵杞金华一路小跑，从气象观测站那边过来，三下两下上了二楼朝我走来。他生于1977年，2000年退伍回到景东老家，2006年进站工作，从挑土的小工干起，把小时候放牛时对山野的兴趣成功地转移到科学观测和研究中，把自己的中学毕业证换成了大学环境科学文凭，把景东方言延伸到普通话、英语，把哀牢山的地生种子植物做成了有文字描述和形态图配套的"图鉴"……一个曾经的大老粗，坐在我面前时已是与人合作在国内外权威刊物发表植物科研论文多篇的专家。

他一项一项，流畅地跟我"背诵"他干过的一些工作：说气象观测，每天8：00、14：00、20：00，三个时间点必须准时到观测站读数、记录，风雨无阻，绝不允许误读、漏测；说土壤水分监测，每月5日、15日、25日，依次到多个监测点取土、背回、处理、上仪器，最后妥善储存；说降雨量监测，那是随时等候老天召唤，只要头天下雨，第二天早上9：00就必须准时入林；说植物分类，哀牢山植物之多，多得识之不完，一有空就得去；说开塔吊……

杞金华的老家就在离生态站最近的村里，但以前步行到生态站要两个多小时，现在骑摩托也要半个多小时。每天早上8：00到晚上20：00，以生态站为中点，一头森林一头家的循环，他已经行进了17年。

我不得不问："这样的工作，这样的生活，你没感觉到枯燥吗？"

他说："怎么会没有感觉，有时甚至苦恼得头疼，睡不着觉。"

以杞金华最擅长的认树为例，枯燥来自重复，来自大多数植物不像花那样好看有趣；苦恼则来自哀牢山的植物实在太丰富，且同一种植物在不同海拔生长形态也不同，辨认起来很困难。他采集鉴定过1200多种植物，每种从标本采集到认准形状再到分类都要花费大量时间研究，有时研究很长时间也不得结果。2010年某日，他在完成了工作返回的路上偶遇一种不认识的乔木，拍了照片，观察了生境，回到站里上网、翻书都不得其名，急得他吃不香睡不好，来来回回又跑了很多趟，获取这种树更多的特征，反复跟同事研究，遍寻专家请教……哀牢山的一种大树，就这样折磨了他一年多，杞金华才获知它的芳名叫"大叶山矾"。

重复、单调、枯燥，这在生活多彩的今天已足以让大多数人难以忍受，何况日复一日遇到的还有别的，就比如说意外，还比如说波折。

罗成昌这样跟我描述30年前他一位同伴的意外："那天他一个人到林子里的大树根上取落叶样本，没去多久就像飞人一样扑了回来，整个人像是被鬼抓了魂，问什么都不言语，几天后才缓过来一些，跟我说他那天干完活抬头，见树上有头老熊正要向他扑来，怕是再晚半秒钟他就要进熊嘴了……"

喝了口水，罗成昌又接着说："我也被蛇咬过一回。"

30多年前的事情了，罗成昌半梦半醒。几个人行走在林间，他右腿突然就像被尖刀扎了一下，隐约还看见那是一条菜花蛇。人立刻就陷入昏迷，大腿肿得撑破了裤腿。同伴们砍树枝做担架，走几十里山路将他送到太忠乡卫生院，输了几天液，他才慢慢醒过来。命是保住了，可眼睛花，脑子像灌了糨糊，走起路来两腿不听使唤，说起话来舌头也远远没以前好使，20多岁的他以为自己成了残废。他的老父亲见他醒来便悄悄离开了医院，从山里采了草药，在他出院后坚持给他敷腿，如山的父爱最终降服了体内的蛇毒。

如果说意外尚可以通过预防尽量避免，那么人力无法掌控的波折则更猝不及防、让人难以忍耐。

前文已提及，哀牢山生态站出生于特定的年代，也注定了它限于历史条件下不可避免的波折。

在景东县委宣传部编写的《景东画刊——庆祝哀牢山生态站成立40周年专刊》里，署名三月雨的《与人生对话》一文为我们提供了一个绝好的例子：

任何事，都有无奈。最初监测点的建设经费，是中国科学院昆明分院从自己口袋里挤出的口粮钱。改革开放之初，每个单位要保证正常运转，经费都是非常困难的，也无力支撑其他科研内容。由于各种因素，到1983年之后，这里好像被冰冻了起来，如同寄存的一个信念，被锁在了深山，何时去开启，却无人能够预测。

那时的月光在哀牢山上，不会像向日葵一样微笑，只映照哀牢山滞重的面色。如果说人生有若干约定，中国科学院昆明分院与两位农民的一场约定却有些悲怆。专家们走后，把监测点的大事，交给了两位刚学会记录的农民罗忠和田利良，让他们每天观测一棵树从生到死到腐朽的变化、一滴水从落下到干涸的过程……村里包干到户了，他们不能回家耕种自己的田地，还得从家里背米来吃，感到世界已经忘了他们，甚至那些可亲可爱的大学者也把他们给忘记了。他们心里开始动摇，这天天与猿猱共度、虫蚁同生的日子要到何日才是头啊……他们沉默着，心里斗争着，走，还是留？最终，一个朴实的想法，拯救了一种研究，延伸了一份植物学的话语。他们选择留下来，哪怕地老天荒……

两人鼓励自己、鞭策自己，他们觉得这只是山遥路远，话语阻隔，那些教授总有一天会记起他们来的。有一次，他们到最近的村子看了露天电影《月亮湾的笑声》，才发觉现在的世道开始变了，他们也开始躁动起来。为了延续观测工作，他们开始一人守家，一人下山，学电影里的主人翁冒富大叔，在周边空地种了包谷，养起了鸡，轮换着一人蹲守完成每日工作，另外一人到山外的楚雄双柏县一带收购羊皮牛皮，做点小生意贴补生计。他们期待每天所做的，都是一个有效的文本，生活虽然每天都在平淡中走过，但他们期盼这些故事都有精彩的结局……

终于，离开的教授回来了，看到被岁月煎熬得步履蹒跚的两位农民，看到落满尘埃和鸡粪的办公室，看到一天都没有落下的观测记录，专家教授们顷刻间潸然泪下……

感谢文章作者为我提供了一个生动典型的故事，在其中我看到了"差一点"，也看到了"坚持"。在刘玉洪的回忆里，类似的困难和坎坷绝不止一次两次，有来自物质层面的，也有来自认知层面的。他说，在生态站建站不到20年的时候，连许多当地人都不识其"庐山真面目"，都觉得它似乎是一个藏在深山的农家乐，常年有人值守，闲暇时可以来这里走走、煮顿饭吃，至于他们在干什么、有什么用，似乎谁也不关心。

过程是曲折的，但写到这里，我已能得出两个结论：

其一，杜鹃湖畔样样都好，科研的先天条件好，风景也好，但此地偏远寒湿，诸多不便，不太适合人类久居。再加上经费、人事等不可控因素，当初建站于此，完全有可能难以为继。

其二，上述可能没有变成现实，哀牢山生态站一路开花结果。

"其一"才是真实的杜鹃湖畔，也就是吴老当初犹豫的原因，而"其二"当然是他做出决定时的憧憬。

吴征镒"赌"赢了，这是哀牢山生态站集体的胜利。

三、拟人：我那心爱的

如今，生态站这个集体，不仅有了吴征镒和朱彦丞们作为先驱、刘玉洪和罗成昌们咬牙坚持、鲁志云和杞金华们承前启后，还有"早晨八九点钟的太阳"迷恋树林。

一群90后，有的是在编职工，有的还是合同工，在我眼里还都是孩子，却令我未见其人先闻其声。

"哀牢山生态站招了些年轻人，他们可都是准科学家啊，值得关注。"在景东县城，这话几乎是哀牢、无量两山保护区管护局原局长张兴伟、现任局长罗有勇的异口同声。

廖辰灿家在江西景德镇，史鸿华家在浙江湖州，两人都来自省外，都出生于1996年，都从小在城市长大，都在昆明读博士，都说来生态站工作是自己的选择，都知道这个选择让自己与父母间的空间距离翻了一倍。如史鸿华，本科在首都北京，硕士在云南省城昆明，参加工作就上了哀牢山，一步步"水往高处流"。

小史对工作情况的熟悉，让他一点都不像入职不到一年的人。他热爱植物，觉得尽管老家江浙地区的森林覆盖、生态建设也不错，但那边多是人工林、次生林，林冠至大不过10米，是"受浓厚的传统文化熏染过的自然"；而云南这边的生态环境有一种野性的美，很多地方林冠都能达到30米，尤其哀牢山，胸径达2米的巨树比比皆是，让他震撼。

史鸿华目前的主要工作是气象观测分析，兼做植物调查、科普等。我问他气象观测是不是很枯燥，他摇头："不啊，气象数字是随时变化的，也可以说是灵动的。"不知怎么的，小史这话让我脑海里突然跳出一些照片，拍的往往是一片红土、一方枯草，画面一点不美，点开放大才看见中间有一只虫子、一只鸟或一个动物头。

照片来自廖辰灿的个人微信公众号。

廖辰灿是我在生态站认识的第一个年轻人。正好是午间，我俩短暂漫步。他就闯入视野的植物和虫鸟如数家珍，还专业地描述了各自的科学价值，听得我惊叹不已，就觉得他了不起。

晚上轮到他坐下来，廖辰灿跟我聊了很长时间的鸟，说他在读本科和研究生期间，别的同学有空就去风景名胜区观光的时候，他却热衷于爬山钻树林看鸟。他扳着指头跟我数，江西、江苏、福建、浙江、新疆、西藏、四川、贵州都有他的"鸟路"；就云南而言，昆明寻甸、昭通大山包、红河大围山、楚雄紫溪山、保山百花岭、迪庆白马雪山、德宏盈江河谷……当然更少不了普洱、西双版纳的一些地方，都留下了他的足迹。他这里那里数不完，我心里一下比一下紧张：这小子看鸟，究竟花了他父母多少钱啊？

他笑了，说他没花多少钱，他们是几个朋友相约同去，去之前有预算，去回来严格核算成本，算算一次看了多少种鸟、一种鸟花了多少钱，性价比高不高……比如有一次，他驻扎在楚雄的干热河谷找鸟，借住江边小旅馆一晚30元，吃的用干粮对付，一天只要三四十块，加上来回车费钱，11天也就花掉一千元左右。他还说，自己至今已实地看过800多种鸟，但哪怕是当学生的时候，看鸟的花费基本都是自己挣的，很少跟父母要钱。

廖辰灿2021年冬天来到哀牢山生态站工作后，也像同事们一样，工作涉及多个学科，如土壤监测、动物监测等。每逢取土样的日子，他和同事要用至少两天的时间，跑遍50多处样地，每天来回10多个小时，背着土样步行。

动物监测更需要跋涉。

为了拍摄动物、观测研究其活动规律，哀牢山生态站在杜鹃湖周围和哀牢山朝向楚雄的东坡森林里分别安装了几十台红外摄像机。每隔两三个月，廖辰灿就要和罗奇等同事一起，一台一台去巡查，更新里面的存储卡，替换被损坏的机器。杜鹃湖周围好说，巡查半座山则足足要两天。第一天带上干粮和备用相机出发，一路查到东坡山脚，打电话请楚雄那边的老乡骑摩托来接，借住村里，第二天穿上大水鞋，逆着旁边布置了相机的一条山溪往回走，走到暮色苍茫的大火塘……这样的状态，对大多数同龄人来说是鲜见的。但因为廖辰灿早已在追逐鸟类的路上吃惯了高强度奔波的苦，工作起来便是"小菜一碟"。

他说他有一次因为被损坏的相机过多，直到后半夜才回到站里，倒不是他走不动，而是他趁夜在山中打着手电观察动物，看得兴奋，忘乎所以。

我特别爱看廖辰灿的朋友圈或公众号。他坚持在公众号里写下颇为感性的阶段性工作记录和总结，写下他在与自然对话过程中的种种奇遇与感悟；他爱发朋友圈，但他的朋友圈几乎没有自己的照片，没有"好吃好喝的幸福"，而是清一色的花草树木、鸟兽虫蛇的照片和小视频——不是链接，都是原创。

熊紫春和罗奇的朋友圈我也经常看。

熊紫春出生于1990年，生态站的90后里他最大。

罗奇出生于1992年，但论进站时间，已是年轻人中的"元老"。

罗奇健硕、敏捷，黑里透红的脸仿佛就是大火塘紫外线的折射。他很不好意思地形容自己是个从小就不安生的人，说他出生的时候就折磨了爹妈，在生态站生不下来，只好往县城医院送，光住院费的欠账就让爹妈还了好几年。他还说，他心目中的"家"不是房子而是草地，感觉自己小时候总在生态站的草地上跑来跑去直至睡觉，不知不觉就长大了。

罗奇初中毕业就报考了中专，中专毕业就外出打工。在上海，他吃得苦，干过多个工种。打拼了几年，挣口饭吃不是问题，也混得下去，但就是不习惯，不喜欢拥挤的人流，不喜欢高楼大厦间的压抑，梦境里总是出现大火塘的草地、林子和湖水。他服从了内心的召唤，自己跑回哀牢山当了合同制的"站二代"。2014年冬天，他刚回来上班就遇上一场罕见的大雪，站里的水电都断了，一到晚上就漆黑一片，每天的主要任务就是迎着寒风、踏着厚厚的积雪，一趟来回数十分钟，一趟又一趟到湖里去背饮用水。

过了一年，生态站在树林里的大树中间建了塔吊。50米高的塔吊，一开始只能爬上去手动操作，得有体力，还得胆子大。年轻的罗奇学猴子，每次徒手抓着塔身，手脚并用往上爬，单爬到塔顶就要20多分钟。人在上面作业，顶着太阳吹着风，塔臂摇动之间就像根金箍棒，他自己也仿佛成了立在大山之上大树顶端的孙大圣，与在上海时站在东方明珠高塔上的陌生空茫不同，每次虽然都很累，但心中踏实。

罗奇肯干好学，特别精于鸟类观测。每年鸟类繁殖的季节，他和同事平均

5天就要入林一次，带着干粮，天不亮出发，每次步行几十公里，在不同的位置，跟踪一些固定的鸟窝，给鸟蛋称重，记录出窝小鸟的长势，偷窥母鸟喂食的秘密……对鸟类的熟悉，让他成了鸟类观测的高手、权威、罗老师。我在站采访的第二天下午，看见他被几个到站考察的大学生围在楼下讨论问题。他神情专注，双手比划若鸟羽，那份风采与一个仰天俯地的渊博教授无异。

同样是山里娃，熊紫春家在临沧市澜沧江岸的山顶。

对于熊紫春，在有限的篇幅里我不知说他什么更好，因为他大小已经算是个"名人"，在包括央视、新华社的很多媒体采访中露过脸，他在某视频网站注册的账号目前关注人数已达数万，视频点击量超过百万。

2013年，熊紫春云南农大本科毕业，没找工作没去外面闯荡或旅游一番，邀约几个爱好相同的同学，直接回了他临沧市高山上的家乡。

他们是奔着山里数不清的昆虫去的。

童年，昆虫就是熊紫春最亲密的玩伴，他观之捉之把玩之，甚至逮来吃，他称："那个味道，说不出的美妙。"他大学的专业是植物保护，但兴趣点和主修方向都是昆虫。当他将系统的知识与童年的印象一一对应，昆虫世界的玄妙便让他不能自拔。

当初，他们想围绕多样性最突出的昆虫创业，比如有偿为有需要的个人和机构做昆虫调查、采集制作昆虫标本卖给玩家收藏、观赏类昆虫的饲养、食用性昆虫的繁殖、昆虫耗材的经营等。看似有些异想天开，努力了几年，收获也的确不理想，团队不得不解散。伙伴离去，他继续坚持对家乡及其周边的区域进行生物多样性调查，收集了15个目的昆虫3000多种，慢慢做成标本保存，还对照书本，一一标注名目。由此，他发现自己采集的昆虫有少数在书籍里根本查不到，便尝试将其拿去相关刊物展示、发布。这下不得了，由他发现并经认可发表了临沧昆虫新物种15个、云南新纪录1个、中国新纪录1个。他给新发现物种的命名奇妙而形象："紫越蛛蚁甲""熊氏拟虎天牛""临沧窄亮轴甲"……

熊紫春注册视频网站账号，起初的目的是向别人学知识。没想到有一次，他偶然随手针对别人发布的一个点击量上百万的昆虫视频，在留言区回答了一个自己认为不高深却没任何人回答的问题，没想到一下子就收获了很多点赞，被网友们视为专业高手。他的账号因此受到广泛关注，成了他的科普阵地。几年来无论再怎么忙，他都坚持回答留言区的各种问题。他的粉丝，多数是中小学生和家长，也有大学生、研究生，甚至专业的研究人员。

我问过熊紫春一个外行的问题："逮昆虫会不会对它们的物种造成影响呢？"

他挥手否定："不可能，我才逮了几只啊？大多数昆虫寿命都短，你抓不抓，过些日子它都要死。更主要的是，昆虫是典型的机会主义者，善于捕捉合适的环境爆发式繁殖。"

我发现，说起昆虫，坐在对面的他总是目中无物，人像是到了野外，描述因此充满了新鲜感："枯叶蝶以枯叶为偶像，鬼脸天蛾将自己长成骷髅样，双翅目的昆虫（无刺）自己能力很弱，就拼命往膜翅目（有刺）的样子长，其实都是生存所需，这一点挺像人。"

熊紫春给我的感觉是阳光从容，他自己认为这是常年与昆虫为伴的结果。除了网络上有个"社长"的称号，他还有个线下的称号是"村长"。这个职务是2017年，由家乡水坝头村的村民推选出来的。从那以后，他差不多成了村里留守老人和儿童的"高级保姆"，村里人大事小事都找他。一个20多岁的大学毕业生，之所以欣然为此，正好暴露出他回乡的意图：不是想啃老，而是想给留守的老人孩子带去一份依靠，想给越来越冷清的村庄带去些声响。

他感叹个人能量太小，回家8年也没能让村庄发生更大的变化。虽然暂时离开了家乡，他却梦想着将来有能力的时候，要利用老家的祖屋建一个对外界开放的昆虫博物馆和一个农村老物件博物馆，吸引游客到风景优美的老家去玩，带动村里的经济发展。

2021年，他从家乡跑到哀牢山就职，看重的是生态站正规的研究氛围，希望自己将来成为昆虫监测研究的骨干，希望通过广泛的监测研究拓展自己，希望成为真正的科学家。

熊紫春不仅找到了科学的"家"，还找到了爱情，"俘虏"了站里唯一的姑娘张亮亮。小熊的生活偶像是常务副站长鲁志云。他想尽快拿到硕士学位，同时争取在景东县城买套房安个家，以便自己终生以生态站为根。

熊紫春有了心仪的人，别的90后呢？我拿这个问题问了所有小伙子，结果发现他们不一定都有女朋友，但却每个人都有"我那心爱的"。

他们的"心爱的"都在大火塘周围的树林里。

1997年出生的胡小文来自云南怒江边。据他描述，小时候家里很穷，吃肉基本依靠父亲打猎。如今父亲早已放下猎枪，带着母亲到上海打工去了。父母在上海，儿子却躲在山里，缘于胡小文这个从小背靠高黎贡山、面向怒江大峡谷长大的小伙子认定了山里远离世俗，可以干大事。他2020年本科毕业，心安理得成为哀牢山生态站的一员。说起女朋友，他害羞一笑："还没有，也不急，只要心中有个小可爱就好。"胡小文心中的"小可爱"异常独特："有一种植物，它简直是我眼里的西施，它的碧绿是那么娇艳，它的排列是那么有层次感，它的触感是那么柔顺舒服……"

我忙着问他："什么呢？"

胡小文背出刘禹锡《陋室铭》里的句子："'苔痕上阶绿，草色入帘青'，它就是苔藓啊，植物界比小草还卑微而生命力无比顽强的小矮人。"他很自豪，说生态站周围有一百多种苔藓，他都能找到，而且一眼就能区别出它们之间的差异。

胡小文钟情苔藓，史鸿华刚好钟情长在苔藓等潮湿环境上的一种兰花："这种花叫大理铠兰，非常矮小，叶片比女孩子的小指甲盖还窄，花朵的迷人之处在于中萼片像颗红心，唇瓣白底红点，上下呼应。"史鸿华说，找女朋友要冲着好看的，观赏植物也是，他喜欢的植物都比较有颜值，基本上都是会开花的，觉得它们才是天姿国色。

这些年轻人，他们身上的孩子气无一例外依然强烈。也许正是这股子"气"，驱使他们将着迷与工作、开心与劳作完美地结合在一起。

"情人眼里出西施"，他们的"西施"不一定都好看。

2021年入职的徐志雄每周一都要到树林里采集物候标本，乔木、灌木、草本都要选，好看不好看都要小心翼翼，精心观测；每月30日，他又要一一到80多个点收集采集框里的落叶落花，认真分拣、称重、晾晒。他觉得，他采集的所有东西都是他心中的宝贝，正是它们，让疫情期间入职的他有了自己的伙伴，长时间待在山里也不烦闷。

张亮亮本科学的是行政管理，承担着站里的行政工作。可她之所以放弃县城某家大企业的高薪投身生态站，完全是因为喜欢这里的一切，所以在有时间的情况下，她经常主动参与同事们的工作，大自然就是她心中的"小可爱"。

熊紫春喜欢昆虫，罗奇喜欢鸟儿。廖辰灿的"心爱的"似乎很多，但他专门告诉过我，其实他最钟情的还是爬行动物，尤其是两栖类。他经常一个人夜里打着手电，提着自己用泡沫板做的防护板，到杜鹃湖边的树林里看爬行动物，有时一晚上能看到20多种。他转发了手机里的照片、视频给我看，其中就有我最害怕的毒蛇，看得出拍摄时他的手机都差不多顶到气势汹汹的蛇头上去了，我看照片都害怕，他却笑称就要这种零距离的效果。

那天傍晚，饭后我们一同漫步湖边的便道。廖辰灿走着，俯身就抓了一只树蛙让我看："繁殖季节到了，它们在找雨水塘交配呢，可今年不下雨，小水塘还没有，可怜了。"他总是什么都懂，而与他相比，我好像什么都不懂。

这群年轻人就这样让人触动、感动。

他们扛着生态站的明天。

四、夸张：42年一眨眼

42年很长也很短。

岁月如飞刃，不断剥削我们的生命。于个人而言，42年长至足够把一个毛头小伙子熬进花甲。由是而言，当年65岁的吴征镒早已离开了我们，当年25岁的刘玉洪退休已7年，当年18岁的罗成昌也即将退休……

一个插曲，就在本章初稿将成时，热情的刘玉洪先生帮我联系上了三月雨故事里所述的罗忠。罗忠在电话里告诉我，他如今在西双版纳的一家茶厂工作，明年即将退休，前不久还获得了"西双版纳州劳动模范"称号。

接下来，罗忠哑着嗓音告诉我，那个当年跟他在大火塘同食一锅、同挤一床的兄长田利良因回家探亲时遭遇意外，已经离开人世30多年……

听罢，我很想借一句慷慨激昂的名言来理顺内心的喜悦和苍凉，结果却想起我5月漫步大火塘树林时，脑海中闪过的一些句子：

谁的青春不是
掀开泥土的草芽
尖如鸟嘴
短如兔尾

谁的生命不是
遁入林中的细雨
遇水而炫
入地无息……

这人间
有人忙于喊叫
有人以肺腑和嘴
哑然贴紧大地

也留下些遗憾。此次采访没遇上站长范泽鑫——哀牢山生态站的站长历来由科学家兼任，比如现任站长范泽鑫研究员是气候与生态系统研究领域的专家、云南省生态学会秘书长，上任站长张一平、首席科学家曹敏都是研究员，在各自的研究领域都是"把子"……在生态站，我面对面采访过的人毕竟只是少数，但岁月无情人有情，在刘玉洪、鲁志云和其他人的叙述中，我也听到了许多在生态站工作过的人的名字和他们的故事。由此我感到，不管这些人现在在哪里，不管在站的时间是长还是短，不管是体制内外，生态站都不会忘记他们，大火塘上空的彩霞都收藏着他们的汗水。

哀牢山生态站的路还很长，无限长。

随着人类对自然奥秘探索的深入和对自身生存环境保护的彻底自觉，随着国家对生态文明建设和生物多样性保护的高度重视，生态站已经迎来最好的舞台背景。

因此，说句夸张的话，对未来而言，42年只是历史眨了一下眼。

哀牢山是座好山，期待生态站的灯光穿透更多的奥秘。

第五章　无量山惊现"凌波微步"

云南省景东县西临无量山、东靠哀牢山，被两座大山左拥右抱。

哀牢山脱俗清雅，是云贵高原厚实的"西墙"；无量山更不必说，作为横断山脉的最南端，不知有多少人在金庸笔下领略过它宏大的气场。

哀牢山、无量山（以下简称"两山"）相互依偎，孕育了北半球同纬度生物资源最丰富之地，在不及神州大地万分之一的国土上保留了我国三分之一的物种。小小景东，因此坐拥两座山两个国家级自然保护区，同时头顶"中国西黑冠长臂猿之乡""中国灰叶猴之乡"两个称号。其中，长臂猿是两山的镇山之宝，被世界自然保护联盟列为"全球极度濒危旗舰物种"。

2023年5月底，夏日炎炎，正是干旱的云南防火形势最严峻的时刻，好不容易才在景东县城找到两山保护区景东管护局局长罗有勇，他却忙得坐不下来。

我说："罗局长，我只跟你请教一个问题：偌大的两座山，你怎么守？"

罗局长快人快语："第一，工作对象决定，尽管现代科技发展迅猛，但呵护山川主要还只能靠人工手段。第二，两山保护区总面积差不多10万公顷，我们局的管辖范围约3.6万公顷，那么大的地方，撒几千人进去也不会嫌多，我们局包括管护员在内也就一百来号人，工作常态就是一个字：跑。第三，如何跑，我推荐你去无量山大寨子观测站找找那些'山中飞人'。"

一个"跑"字，又加个"飞人"，让我联想到金庸在《天龙八部》里所杜撰的"凌波微步"。罗局长的意思再明白不过，从事生态环境保护的人，都得将肉体凡胎"动"到极致。

我以为然，立马奔赴两山保护局景东大寨子观测站。

一、跑出亲情

无量山的"无量"在于厚。汽车沿着狭长的景东坝子南行一段便入了山，经历两个多小时车程，感觉已穿越了好几重山头，在车里细看，前方仍然是群峦重叠，压根不见"山那边"。

大寨子是景东县的一个村，地处无量山国家级自然保护区的核心地段，周围山体险峻、植被茂密，所以两山管护局专门在这里设置了监测站。

从县城出发，近三小时车程后，我顺路先到了大寨子下方的叶家村，找到护林员陶政坤。他建在山坡上的家分为前后两栋，都是两层楼，一新一旧，紧靠陡峭的山体，面向对面巨大的山头。午后，我俩在他家凉爽的墙角坐下，旁边长着一株茂盛的野花，再远处，几棵巨大的核桃树后面还生长着一排大茶树，标记着主人的多年深耕和地地道道的原住民身份。

陶政坤身材不高，精瘦，与"敏捷"二字极其吻合。他说他今年51岁，一半对一半，参加护林已经26年。

1997年，保护区在村里招护林员，因为给的钱少，大多数村民都不愿干，动员到陶政坤，他没多想就答应了，心想不就是跑路看山吗？及至工作开始，他才发现保护区的护林员不是那么好当。但凡进山，他们不是随便走走，而是深度巡逻。保护区的范围海拔较高，很难做到当天去来，他们隔几天进山一次，每次来回4至5天，背着食物、锅碗，夏天带一张塑料布，冬天加一床腈纶毛毯，背上一共二三十公斤，哪里晚了就在哪里煮食、睡觉。陶政坤山里生山里长，但露宿山里是以前也没有过的经历，野外的夏湿冬冷，他感受至深。某个冬日，天空纯蓝，风和日丽，阳光斑驳地洒在铺满落叶的林地上，陶政坤和一位同事行走在幽深的林间，既暖也凉，特别舒服，便临时调整节奏，简单进食后又多走了一段路。走到月上树梢，选了一处岩石下睡觉。因为很累，他入睡很快，没想到半夜就被凄厉的叫声惊醒，吓得他一翻身坐起来，以为狼来了。起身查看，周围并无异样，只觉得身上很冷，原来是变天了，北风猛吹，在他们上头的岩石间咆哮如狼嚎。他们俩再也无法入睡，也不敢行走，只得裹紧了毛毯，紧靠石头坐着。天快亮的时候，他发现有雪花飘落脸上，心里才稍安：好了，有雪落下来，风就不会那么刺骨了。

跑四五天，歇几天又去一趟，这样的循环多年不变。陶政坤在辖区，走出了一条只有自己知晓的路，路上哪里上坡哪里下坡，哪里过沟哪里钻林，哪里可以歇脚吃点东西，他统统心知肚明。他跟我说，巡山路上至少有几十棵树是他每次路过都要看看、摸摸的，那是他心中的镇山宝树。其中有几棵，他开始看山的时候才有小腿粗，现在胸径都快长到一米了，树干光滑挺拔，越看越爱，每年他都会从周围刨些散土添加在根部。一年又一年，他见树就像跟老朋友会面，目睹它们萌芽添枝，伸入云霄。我猜那些大树都是珍贵树种，他点头。但再问具体，他便只笑不说了，好比为重要的朋友保守着秘密。

随着时间推移，护林员的数量有所增加，保护局逐步给他们配了一些"更先进"的野外用具，包括垫子、帐篷等。装备改善，巡逻周期有所改变，巡逻要求也在不断提高，火情、盗伐盗猎、违法采石等什么都得管。山里的野生动物很多，彼此间的争斗和跌摔造成的伤害在所难免。为此管护局还要求护林员每次进山都带上药物、针水和一次性针筒，遇上意外受伤的动物就得救治。陶政坤也学会了打针、包扎，而且派上了用场。他第一次救治的动物是只未成年兔子，似是不慎从山崖跌落，背部和一只前腿受伤严重。他为它消毒、包扎、注射消炎药水，还将它送到了平缓的地方才放归。

无量山的旗舰野生动物是西黑冠长臂猿。作为"全球极度濒危旗舰物种"，这种高级野生动物在全球仅存1400只左右，我国有1300只，绝大部分在云南，其中仅景东"两山"保护区就有101群600多只，大寨子附近是它们最爱的家园。10多年前，无量山管护局和中国科学院昆明动物研究所联合，开始对大寨子周边的西黑冠长臂猿和灰叶猴进行"习惯化"监测研究，巡山经验丰富的陶政坤又兼任了监测员，和他的几个伙伴一起，负责对栖息在大寨子周边的长臂猿家庭进行跟踪观测。

护林，追猿。树永远站在原地，辖区内哪棵树发芽开花都可以驻足欣赏，但猿猴观测就不是这么回事了。长臂猿虽然不长翅膀，但天生一双长臂，依赖树枝的弹性和高耸的岩石，它们在山中来去自如，快起来如掠过的山风，如天空的飞鸟。陶政坤他们追猿，至少经历了寻踪、跟踪、猿群被"习惯化"后的观察等过程，说起来就几个词语，做下来整整用了几年。起初，怕人的猿猴躲得很远，他们得四处寻找；慢慢摸出一些踪迹，远远闻到"猿味"就得狂奔去跟；奔到猿群认识了他们，不再惧怕他们，也就是逐渐"习惯化"了。等猿群的行迹相对规律起来，猿在树上"飞"，人在地上追，针对种群数量、停留时间、采食地点、夜息场所等方方面面做观察记录便是他们天天要完成的工作。

这项工作首先难在奔跑的强度和人猴的速度差。你想，猿群借助树冠，腾挪之间远离地上的一切障碍，包括悬崖，有时它们就越过那么几棵树，落到陶政坤他们脚下就变成上千米的路，金庸笔下段誉那"凌波微步"也快不过如此吧？何况他们面对的是山林，眼睛要盯着上面，双脚要移动在陡峭的山崖间，"一心二用"的结果是摔跤、戳伤随时随地发生，一不留神便有生命危险。几年前的一个早晨，陶政坤与一位同伴追猿追到了一处深壑。猿群伸展长臂，三下两下便从树上"飞"到了对面的树林。两人没长翅膀，得慢慢滑到沟底再往上爬。陶政坤一下一上，好不容易到了对面，却发现同伴不见了，只好返身寻找，大声呼喊。同伴在沟底应答，原来是爬了一半又掉下去了。同伴说他没事，自己能慢慢上来，要老陶先行去追。陶政坤追着猿群不舍，直到它们落脚一棵大树准备午睡，才又回头找人，见同伴以一根树枝当作拐杖，趔趄而来："我小腿肚被石头划破了，筋骨没问题。"

十几年追猿，汗没有白流。辖区的几十只长臂猿基本都"习惯化"了，单陶政坤一个人就上交了近20本观察记录。我打开他尚未上交的一本，见其中每日的记录从猿群早鸣开始，直到晚上八九点钟猿群睡觉，每5分钟记一条，密密麻麻，一点一滴。陶政坤说，光书面记录还不够，得配上照片，大量的照片、视频都存在手机里，过不了多久就要转存、清理一次，不然手机就装不下。

陶政坤说他给每只长臂猿都取了英文名。我觉得特别有意思，便从他的记录本上抄了"第四群"9只长臂猿的代号：

M、B、D

B12、B15、B19

D15、D18、D21

　　按照他的解释，上述第一组是父母，M为公猴、家长，B、D即"大老婆"和"小老婆"；第二组和第三组分别为"大老婆"和"小老婆"所生的孩子，字母后面的数字代表出生年份，比如"B12"即"大老婆"2012年所产小猿，D15即"小老婆"2015年所产小猿。我问他使用这些字母有什么讲究，他摇头："没有，只是为了好记，随手写我认得的字母。"

　　陶政坤追猿，不仅做了记录还在脑海中储存了各种感受。他用很快的语速跟我讲他经多年观察得出的结论。比如，长臂猿出生之时皮毛都是黄色，随着年龄增长，公、母毛色各有变化，成年以后母猿呈棕黄色，公猿一律黑色，颇似人间男女穿衣，女人鲜艳，男人沉稳。比如，长臂猿鸣叫很有规律，一般就是日出前半小时叫1次，有时候中午睡觉前再来一次，要是一天鸣叫好几次，就说明它们心情不好。又比如，长臂猿家庭总是一夫一妻或一夫二妻，即使是二妻的家庭，也从不见两只母猿打架，"打架往往是公猿被母猿打，在它们恋爱不成功的时候……"

　　陶政坤含蓄地把"交配"说成"恋爱"，让我大笑。他却一本正经，继续表达他的困惑："变化毛色是为了好看还是生存需要？不乱叫是不是说明它们比人还守规矩？最多两房妻子是不是说明它们还没有古人三妻四妾那样的贪心？公猿母猿明明经常'那个'，为什么非得3年才能生育一次？有一群猿猴，小公猿长大后霸占了小妈，赶走了亲爹亲妈，这脸皮得多厚呢？两位老人家又去了哪里？都怪我没上过几天学，想不通啊，有些问题我还专门请教过来研究长臂猿的专家，他们也给不出我满意的说法。"

　　山中艳阳下，傍晚的气温越来越让人轻松。我俩继续闲聊，说到他的收入，护林最早一个月38元，现在1050元，猿猴监测每月完成10天全勤才能拿到1050元……

　　越过数字，陶政坤表示他"跑"得挺开心："我就是个山里人，不守山追猿还能玩什么？"守了那么多年山，他只是觉得对不起老婆孩子，一来是外出太多，顾不着家里，二来是那些年通信不便，让妻子担心，还难免失职。妻子怀着大女儿的时候，他的护林生涯刚刚开始，每次出门难免心悬，只好求岳母来家里陪伴。然而岳母家里也是一大堆事情呢，跑来跑去便对他这个女婿生出了不满。有一次深度巡护，陶政坤在山里总觉得眼皮跳，晚上露宿也睡不好。几天后出山，他施展"凌波微步"跑回家中，果然见妻子不像往常那样在院子里活动，而是躺在房间里的床上。光线不好，他以为出了什么事情，便大声询问妻子。岳母闻讯冲进房间，一把将他扯到屋外："叫唤个啥？娃娃好不容易睡着，吵醒了你哄？有你这样当爹的，媳妇生娃娃几天还不见你人影。"陶政坤不顾呵斥，再次进屋，才看清妻子身边睡着个孩子……

我们坐久了，陶政坤邀我起身走走。走到核桃树下，他拍着树身对我讲："这么说吧，看山看久了，只要是棵树就觉得有灵气，你看我家这些核桃树，果子每年吃不完，拿去卖又不值钱，站在这里严重影响我那些大茶树的产量，年年下决心想砍掉几棵，提起斧头却又下不了手……"

核桃树的高处正好残留着夕阳，枝叶清晰，像在点头。

晚饭后，陶政坤打电话将他的追猿搭档熊世明约到了家里。

熊世明是大寨子的村民小组长，兼任西黑冠长臂猿监测员，年纪跟陶政坤差不多，体型也差不多。他把村民小组长和猿猴监测员看成两个同等重要的职务。当小组长能为村里人做点实际的事情，而监测猿猴也是为家乡、为科学研究做贡献，能让自己生活丰富。

他当监测员十多年，总觉得西黑冠长臂猿特别通人性，智力水平很高。这一点，他首先是从食物上判断出来的，说长臂猿吃食很讲究，最爱野生嫩叶子、花朵果实，都是好东西，喝水也是，基本只喝雨水和露水，可以常年不用下树解渴。无量山中一年四季都有野果，据他观察，长臂猿吃果子时也非常"精"，每次只挑成熟的下手，生的一个不动，等着下回再吃。他还发现，同样生活在无量山的灰叶猴可不是这样，它们不辨生熟，只管抓到嘴里嚼，熟的吞掉，生的扔掉，一群灰叶猴不要多大会儿就能将一片山的野果糟蹋彻底。

熊世明跟踪猿群，遇上猿猴家庭在树上休息时，便拿根小棍子在树下晃悠，吸引小猿来抢。那边抢这边躲，抢不到棍子小猿就会像孩子那样发急犯横。有一次，一只正跟他闹着玩的小猿一个转身就到了他头顶的树枝上，他还没反应过来，一泡猿尿就准确地淋到了头上。在熊世明看来，这些都能说明长臂猿很像人，狡猾，有情绪，反应特快。除了猿猴，熊世明还见过麂子、野猪、白脸獐、黄鼠狼、岩羊等许多野生动物，他觉得都很美丽。一天傍晚，他看见一个岩羊家庭的三个成员在前面走，像人类逛大街一样东张西望，那个悠闲风度就像度假散步的人，引得他蹲着趴着跟踪，不知跟了多久，直到岩羊不见了，他站起来又吓得蹲下去，因为自己不知不觉已到了悬崖边。

　　熊世明参与长臂猿跟踪观测之余，还兼做中国科学院昆明动物研究所硕士研究生的研究向导。学生来来去去，不仅要带他们观测，还要照顾好他们的生活，保证他们的安全，带一个得花两三年，却已经有四五位学生在他手上毕业。我开玩笑说，你这是"硕导"呢，教授级别了。没想到他突然有些伤感："日子太快，学生一个个毕业走了，有些熟悉的老猿猴跟着跟着也会突然不见一只，我知道那是它老死了，只是不知道它们的尸骨流落在哪里，想起来就会难受，就老想多去看看那些还活得好好的，三天两头不去一次我就会心慌，下大雨的时候我会不由自主担心它们的安危。"

　　对猿猴，陶政坤和熊世明显然都有点"关心则乱"，我觉得颇像我们这些已经空巢的家长，朝朝暮暮，满脑子都是不得不狠心任他去风雨中求生的娃娃。

二、跑向险情

　　陶政坤护林追猿，他的妻子还利用家中的空房子开民宿补贴家用。是夜，我寄宿在陶政坤家的标间里，睡了一夜好觉，按在昆明的习惯六点多起床，吃早点，准备跟着他去看长臂猿。

　　汽车20多分钟爬到大寨子，停车他又带着我往密林里爬了一段路，指着某个方向告诉我，那里有一群猿猴，可能快要叫了，让我听听声音。正说着，大约千米之外一声由低到高的长鸣响起，接着不断有长长短短的尖叫声呼应，形成多重而不嘈杂的混响，似乎在凉飕飕的空气中注入了热气，一下子就将整座山暖醒。

　　陶政坤告诉我，猿群睡醒就要移动，他们平时都是5点多就出发到山里候着它们醒，今天想亲眼看是赶不上了。我才明白，我起晚了，而他又不好意思早早叫醒我。我很是后悔自己昨晚没多问一句，他却笑着安慰我："下次再来嘛。反正加了微信，我回头先挑些好看的照片和视频发给你。"

我失落地走回无量山国家级自然保护区景东管护局大寨子监测站，平视只见绿树，仰头才见山顶裸露的岩石，顿觉上面的山峰也是个人，我此生只能站上它的肩膀，它的头脸我望尘莫及。

站长赵贤坤介绍说，这个监测站是景东管护局6个监测站之一，地处无量山西坡，距离景东县城87公里，海拔约2000米，比较偏僻，动植物种类非常丰富，是国际国内研究监测西黑冠长臂猿的核心基地之一。

说起长臂猿，赵贤坤一口气向我数出好多人的名字，有外来的科学家、学生，还有本地的管护员、追猿人，其中一个被他们称"花脚姑娘"的，可惜联系不上本人。姑娘叫黄蓓，南京人，曾在中国科学院昆明动物研究所工作。当年，作为一个大城市娇生惯养的独生女，黄蓓为了研究猿猴，一口气坚持在大寨子驻扎了7年，每天早出晚归、风雨里饥饱无常不说，为了省时省事，身为女孩，彻底粗枝大叶，抛弃化妆、皮肤保养等琐事，爬坡钻林，跟着土生土长的护林员狂奔。年长月久，她浑身上下尽见无数树枝刮痕和跌摔的伤疤，撸起裤脚，腿上全是密密麻麻的花斑，此生再也不好意思穿裙子。有一次，她在野外与同伴失散，一个人行走了很长时间，体力极度虚弱之下又遇特大暴雨，山洪袭来，她抱死一棵树不放，在无助之下还紧紧捂着装有记录本的小包，凭意志夺回一条性命。

赵贤坤说："抱着一块'长臂猿之乡'的牌子，是光荣也是压力，为了这些长臂猿，大寨子人来人往，接待过许多科研人员，人与猿猴的故事几天几夜讲不完。"我说："那就回头讲讲你自己吧。"1977年出生的他竟然腼腆起来。

本世纪初，毕业于云南农垦管理学校的赵贤坤被分配到景东管护局工作，起初并不了解管护局的工作内容，进站就不断跟着老同志进山，先练"脚力"，再培养"眼力"，把自己彻底变成了山里人。2009年，他被任命为大寨子监测站的负责人，从此人生三分之一的时间在来往于通向县城的路上，三分之二在大寨子后山的树林里。

赵贤坤说，环境保护工作的主客体之间永远是不对等的，你千辛万苦，大自然却不会说话、不理解你，当然也不会跟你客气，所以越是像无量山、哀牢山这样的自然环境好的地方，巡护起来越是艰苦、危险。依他的感受，监测站的工作很像山的"保姆"，辖区哪里有风吹草动就得往哪里跑，越是危险的时刻越要到场。早些年，制止、处理每一桩偷伐盗猎事件都伴随着奔波和争执，后来破坏行为慢慢减少，森林生长加速，动物种类、数量增多，让人欣喜，可由此，进山巡护的路也更加艰难。

话说有一天，他和几个管护员一起深度巡护，在林中看见些歪歪斜斜刚被啃过的竹子。凭经验，大家都知道啃竹子的是黑熊。他们之中有人亲眼见过黑熊打人，一巴掌下去人身上就会出现几个涌血的大洞。有一个护林员之前还独自遭遇过黑熊，当时随行的狗先叫，像是惹恼了那只体重超过200公斤的公熊，它咆哮着扑来，老远就感觉得到风在加速，幸得护主的狗拼死与之周旋，那位护林员才得以脱身，狗却牺牲在熊爪下……那天见到黑熊活动的痕迹，他们个个头发竖直，不敢说话不敢喘粗气，只想尽快转移。

黑熊是避开了，他们随后却在一片箭竹林中迷了路，转来转去走不出原地。他们意识到不能再埋头乱闯，便坐下来休息，冷静研究，重新找准了方向，离开竹林。不知不觉已到了晚饭时间，人人饥饿。要煮饭得有水源，好不容易在一个陡坡上找到一股水，却见不到一处可以容纳几个人歇脚的平缓之地，他们只好沿着溪流继续往下走。走着走着，溪流突然又不见了，像被谁施了魔法。黄昏已过，大家的腿都已沉重得迈不开，只得互相拉扯，不敢停顿。终于，他们找到一个小水塘，地势也还立得住脚，大家放下背包，捡来些枯枝准备生火做饭，却因潮湿而怎么也点不着火。眼看就要受冻挨饿，赵贤坤起身，反其道而行，在灌木丛里折了些长满绿叶的树枝，反倒把火点着了……

那一天的险和难，世间大多数人一辈子也遇不上，而对他们来说却是经常的事。为了尽量避免意外，赵贤坤很注重总结经验，摸索更科学的巡查方法。比如在巡查区域相对固定的情况下，几个人进到山里，先找个合适的地方扎营，放下行李和吃的，接下来的几天都以营地为圆心，这样便能轻装上阵，还省去了每天寻找扎营地的苦恼。

20多年的奔跑，跑出了赵贤坤的快速反应能力，他以此为自己最重要的"防护装置"，随时都能动用。2022年夏天，他带领几个护林员深度巡护。从监测站走出去第三天，一位护林员在行进中突然发病，很快进入昏迷状态。当时步行到最近的公路边也需要几个小时，大家都慌了，陷入绝望中。赵贤坤率先冷静下来，一面分配人就地取材扎担架，自己攀高寻找手机信号，电话联系镇上的医生和救护车接应。随后，几个习惯了在深山奔走的"飞人"接力抬着担架，从山里向山外冲刺，与死神决斗，一刻不停地将病人送到了公路边等候着的救护车上……

说起这些事情，赵贤坤难免心有余悸，也流露出习惯成自然的从容。他清楚，自己从事的是"高危职业"，只能加强自我防护，尽量保证自己和护林员的安全。

景东两山保护区属两块牌子一套人马，总面积为35793公顷。其中，哀牢山保护区于1988年由省级保护区晋升而来，属森林生态系统类型的保护区；无量山保护区于2000年由省级保护区晋升而来，属野生动物类型的自然保护区。先后晋级"国字号"表明了这两座山在全国的地位，也诠释了我国生态保护不断升级的趋势。景东管护局起源于1986年成立的景东两山管理所，当时虽然只是县林业局下属机构，挂牌却早于全国许多保护区，最早为股级，2007年晋升为正处级。

"级别升了，不是权力变大了，而是责任加重了。"这是景东两山管护局副局长谢有能坐下后跟我说的第一句话。在大寨子，我正准备离开，而他巡查到此，我们巧遇。他认为，不论是植物保护还是动物保护，最要紧也是最艰难的事情就是打击偷盗、防控火情，他自己可以说一辈子都在做这两件事。

33年前，19岁的谢有能中专毕业，头天到景东两山管理所报到，第二天就背着行李随老同志巡山。那时候，很多老百姓靠山吃山的落后意识还很浓，偷伐盗猎事件时有发生，但通往山区的公路少，预防和报案的处置都很困难。他们背着吃的盖的，一入山就是七八天，去的都是人迹罕至的地方。谢有能年轻力壮，体力没问题，爬坡上坎也不怕，就怕吃不上饭肚子饿。还有就是山里冷，夜里蹲点的时候，穿多少衣服都不管事，冷得他至今想起来还会打寒战。

　　他忘不了，有一次跟着老同志去查看偷采水晶石的现场，那是一处断崖绝壁，几个人从早到晚走了一整天的路还没抵达。无边的森林里，他突然觉得站不稳，心里知道自己饿得不行了，又不好意思说，便悄悄摸了背篓里的生菜叶放在嘴里嚼。第一片他嚼出了泥巴味，难以下咽；第二片入口就开始回甜，口感变好；第三片、第四片……忘了生吞过几片菜叶，他得意于自己悄悄"活了过来"。晚上宿营做饭时，一位同事还是发现了他的秘密，开玩笑说："小谢同志，你也是来抓贼的，怎么能自己偷吃菜叶啊。"还有一次，他们接到盗猎举报，大家一起上山，两个人一队，分成几组围堵，打着手电筒寻找到深夜还没收获。后半夜，他和搭档蹲守在一条小路上，肚子咕咕叫就不说了，低温加山风，冻得人哆嗦不停，两个人背靠背互相取暖，什么办法都用上了还是冷，心里想着怕是要被活活冻死了……挨到天亮，他们强打精神，继续寻找。谢有能寻到了动物的血迹，顺藤摸瓜，他们最终将盗猎者逮捕归案。

　　回想年轻时，谢有能自己都不知道是怎么挺过来的。他觉得现在这方面的问题就少多了，根本原因是全社会保护意识都在提高，就连住在山里的老百姓也都能认识到茂密的森林和长臂猿是上天赐给家乡的"彩衣""天然闹钟"，声称自己住在世外桃源里。

　　我说："你们景东躲在两座青山之间，过去会被人认为是闭塞，如今还真就是外人向往的世外桃源。"

　　他感叹道："可惜我吃的是保护这碗饭，天天在这桃源里跑来跑去，身心却一点都不放松。就比如眼下，都5月下旬了还这样旱，我真有做梦都睁着一只眼睛的感觉。"

　　谢有能在局里分管防火，压力很大，因为人为的火可防，天火却防不胜防。两山的旱季经常出现旱雷，雷击火的隐患随时存在。多年来，只要是旱季，每天一到火情易发的下午，不管他人在哪里总会觉得胸口有块石头压着，最怕的事情就是电话响，总有不敢接的念头而又不得不立刻接。说到这里，谢有能起身，招呼我走到了监测站的大门外，抬手指着大寨子后山的大概方向说，上面先后发生过两次火灾。

　　2008年秋天的一个夜晚，大寨子后山遭雷击着火，谢有能的手机半夜响起，人本能地从床上弹起。连夜摸黑赶到大寨子，当时天上下着小雨，可惜不够大。有人提议，下雨就不用管了，山火应该会自动熄灭。谢有能攀高观察，山上仍然火光熊熊，不可心存侥幸。他亲自带队，一行人爬了5个多小时赶到火场，他一看那情形，小雨起了点作用，但的确不足以灭火。他将人员分组，处理重点区域，以最快速度控制了火情。接着消灭明火，几个土生土长的护林员都累得坐下了，但看见谢有能一脸黑污迎着火光去，便又站起来跟上。那次灭火后下山，太阳高照，大家才看清所经之处是绝地，树少路滑，换作白天怕谁也不敢走，不知夜里是怎样爬上去的。

2013年初夏，大寨子后山火情再起，而且在山下就看得见火势猛烈。谢有能同样从县城赶去，组织了30多人爬山4个多小时到达现场。那年他40多岁，在救火的人中年纪最大，刚拿到的体检表显示的几项"待查"还没来得及查。他第一个到达火场，第一个迎着火舌往前闯。下午，明火扑灭，火场被反复查看了几遍，可疑的地方也刨开作了处理。他带上队伍，想在天黑前让大家安全下山。两三个小时后刚下到大寨子附近，突然有人惊呼，上面又有了火光。一群人的喘息声混杂着叹息，眼睛全部集中在谢副局长身上。他没说话，转身带头又往上爬。夜里，明火再次被他们扑灭，黑乎乎的山头似乎再也见不到一点亮光，他们却再也不敢马上离开，而是就地休息，监视火情。来时匆匆，随身的饮用水早已喝光，吃的更是一口也没有，他们彼此打气，轮流打盹，坚持到第二天中午才互相搀扶着下山。

"我们都是不参加比赛的运动员，危急时刻没有跑不动的说法，只有拼命跑的做法。"谢有能说。

三、跑到无悔

从陶政坤到谢有能，我发现他们几位语速都快，因为他们都很忙，要忙着"跑"。

我没想到76岁的张兴伟也很忙，和他通了几次电话都说不在县城。是日，从大寨子返回的路上才接到他的电话，说一小时后便可以见面，我只好不礼貌地要求师傅将车开快一点。

脑海里的张兴伟应该扶着拐杖、行走缓慢，所以我准备去他家附近找他，他却让我在宾馆等。我等来的是一个风风火火骑自行车的"中年人"，身材高大，身板笔直，麻溜驻车，小跑向前跟我握手，同时甩来一句逻辑清晰的解释："不好意思，前几天一直在山里拍照。"

张兴伟喝着白开水，从1986年开始，一口气就说到了当下。我听下来，37年时间，他与两山保护区的缘分持续于三件事：一首童谣的召唤，一块心病的驱使，一只死里逃生的长臂猿的启发——他还是一直在跑。

1986年，边防部队营长张兴伟转业。上级找他谈话，希望他回景东组建两山保护区管理所。还说，所长这个职位已经征求了好几位同志的意见，但他们都不愿意。

张兴伟的第一反应也是"不愿意"，因为保护区这个词实在陌生，他不知道去了要干什么。但那三个字还没说出口，他脑海中莫名响起自己儿时清脆的声音："无量山，高万丈，山有宝物千万样；哀牢山，立东边，又产金子又产棉。"

张兴伟出生于无量山西坡的一个山村，从小就奔跑在山里。20世纪50年代末全国扫盲，语文老师编了上述这首童谣，让他们这些小学生挨家挨户背诵给不识字的大人们听。一遍又一遍，两座山便在他的脑子里定格成了美丽神秘、无可替代的巨人。

摇头最终成了点头。

张兴伟第一时间到景东县林业局报到，接到的，除了云南省政府一份批准在全省成立16个自然保护区的文件，其他一无所有。他受命招了些临时工，工作就那样干了起来。第一项工作便是保护区周围界线的划定，张兴伟将他的人分成两个组，每组跑一座山，背着红油漆、干粮等从县城出发，各带一张1∶50000的地图，扑进山中，迈开两条腿为保护区勘界。由于经费很少，他们的界桩只能就地取木桩钉下去，然后在表面涂上红油漆。整整跑了50多天后，勘界结束，一轮疲惫还没缓过来，上级又给了点经费，说木桩不耐腐，要求将界桩全部换成水泥桩。张兴伟心犯嘀咕：水泥桩那么重、量那么大，保护区的边界又基本不挨公路，这活该怎么干啊？军人出身的他纵有牢骚，却不影响执行起来的雷厉风行。他组织人力，雇用马匹，自己亲自上阵，用了几个月，硬是靠人背马驮，将一根根水泥桩运到山里，一一替换了木桩。

苦和累张兴伟不怕，他最怕老百姓找他吵架。在第一次勘定边界的过程中，许多老百姓不相信保护区的目的是保护，以为他们是"圈地搞砍伐"，所以，山中的居民不少都对他们有敌意，最直接的动作就是你今天钉下去的木桩，明天回头一看就不见了。张兴伟一看不行，老百姓不理解，保护的目的就永远不可能实现。所以白天干活，晚上他又组织人员分头走访保护区每一个村庄，先做通村干部的工作，再请他们召集村民宣讲。有的村一次不行他就去两次；有的人故意不参加会议，他就到家里拜访。几年后，保护区周边的村民无人不识张局长，几乎都成了他的朋友。

张兴伟苦口婆心的宣传工作，甚至"狡猾地"做到了县政府领导头上。有一年原林业部在北京举办环境保护骨干培训班，他积极游说分管林业的副县长一起参加。回到景东，他又"怂恿"副县长带他去向县长汇报工作。在县长支持下，当时还很"边缘"的保护所竟然以县政府名义，前所未有地在景东举办了各级政府、有关管理部门领导参加的大型环保培训班。会场安排在政府礼堂，与会人员数百人，县委书记、县长出席讲话，张兴伟还从昆明请来环境专家授课。在景东县历史上，"环保"一词第一次深入人心，比之保护所那几个人扯破嗓子到处叫喊，效果好了不知多少倍。

10多年间，景东两山保护区从无到有并先后升格至国家级，他们的"所"由林业局下属改为独立的"局"，单位和张兴伟个人多次获得国家级、省级荣誉，大家公认他这个两山保护局的创始人、首任局长有两下子。张兴伟顺利完成了他转业到地方的使命。2003年，鉴于从部队到地方工作的持续艰苦，组织特批张兴伟提前卸任退养。

谁也想不到，头天"无官一身轻"，第二天他就收拾行装，目标还是山里。

张兴伟带了照相机还带了干粮和锅，带了睡袋还带了遮雨的塑料布，那是一种不达目的不还家的架势，他心中的秘密只有自己明白。1998年，景东两山自然保护区好不容易与荷兰的相关机构达成协议，要合作实施一个长臂猿保护项目。关键时刻，对方要求提供一张无量山野外长臂猿的照片，张兴伟经过多方努力仍然拿不出来。就因为这个细节，项目黄了，他落下块心病：项目丢了还会再有，但连张照片都拿不出来，他觉得这是很丢脸的事。

一个人在山里做野人，张兴伟一天两顿饭，晚上煮，早晚吃，中午嚼几口干粮了事，睡觉就到干燥的岩石下。这样寻找了10多天，长臂猿的踪迹总算是摸到了，也远远地拍到了几张照片。第二天下山，他兴冲冲地坐了两三天班车，到省城冲印照片。到达昆明长途车站已是夜晚，他还是急匆匆赶到市区，想第一时间将胶卷交到影楼。可惜他跑遍昆明城，所见影楼都关了门，只好找个小旅馆蜷了一晚上。第二天天刚亮他就起床，找了好几家影楼还是没开门，在街上转了一个多小时，偶然低头看表，才发现时间还不到8点呢。他又等了一个多小时才将胶卷交出去，自己来来回回在附近溜达等待。估摸着时间差不多，迫不及待去打听，影楼的人一瓢凉水泼来：胶卷里啥也没有，是空的。他傻呆了，沮丧与绝望涌上心头，让人站不稳。

那一次失误对他的打击实在太大，觉得自己不是拍照的料。回到景东，他赌气不再碰相机，而是向县林业局申请了一些杉树苗，自费到保护区的空地种树。开始，许多老百姓不理解："这老张是不是疯了？满山都是树还一个劲种什么？"时间久了，附近村里的人得知他的意图，有空就会主动来帮他。3年时间，张兴伟先后种下13000多棵树苗，很多时候忙不过来，他便自己掏钱请人帮忙。种下去的那些树苗大部分成活，最大的直径现在已超过50厘米。

2008年，云南的野生动物摄影师奚志农联系上他，邀请他一起上无量山拍摄西黑冠长臂猿。在山里，奚志农借给他一台数码相机并教他使用。那时的长臂猿还不像现在这样跟人亲近，两人在山里跑了十多天还是一无所获。又一天，张兴伟在行进途中感觉异样，抬头便见几只猿躲在茂密的枝叶间，似乎在观察他们。他抬起相机就拍，转身拿给奚志农查看。"老张，有了，你拍到了！"奚志农兴奋地说。那次的照片质量虽然不高，但毕竟是真真实实地拍到了，重新激发了张兴伟的兴致，奚志农因此专门送了一台数码相机给他。

第二年初，经过几个月的跟踪观察，张兴伟初步掌握了猿群的活动路线和规律。一天中午，他刚进山就听见猿鸣，便抄近道奔跑，绕到猿群必经之路上去等。等到树枝发出巨大的响声，一只长臂猿正好出现在他镜头里。咔嚓咔嚓，他拍下了几张近距离的猿猴照片。待猴群离去，他慢慢打开相机欣赏，还是觉得不满意。次日，他下狠心，从借宿的老百姓家半夜起床，天不亮就起床去猿群睡觉的大树下蹲守……2009年7月，张兴伟拍摄的5张西黑冠长臂猿照片出现在《中国国家地理》杂志上，那是张兴伟的作品首秀，也是无量山长臂猿首次在国内高级别杂志亮相。随后，他的作品入选"野性中国明信片"，又获得"云南省生态保护摄影金奖"。多年的努力，终于换来外界认可，老张被人称为"无量山西黑冠长臂猿御用摄影师"。

拍摄野生动物就那样成了张兴伟退休后的"正式工作"，他不吝于掏腰包添置拍摄设备、购买交通工具，一次又一次进山，成为保护区一名"不用每天上班的正式职工"，单位有需要他就往前冲。那年，景东两山保护局急需黑颈长尾雉的影像资料，他又拿出两万多元积蓄购买了高级望远镜，一个人潜入深山半个多月，出色地拿出了被本地人称为"大竹鸡"或"哑巴鸡"的黑颈长尾雉视频，替管护局完成了任务。

2013年的一天，大寨子深山的一个长臂猿家庭正尽情享受天伦之乐，在风和日丽的午后小睡，任它们熟悉的张兴伟在树下拍照。谁也没注意到，一只长着大翅膀的凶禽突然自天空俯冲而下，一只幼猿差点被擒，一声惨叫后死里逃生，失足从树梢落下。这惊心动魄的一幕启发了张兴伟，他决定拓展自己的拍摄对象。

他上网查询，得知他们平常所称的"老鹰"学名"鹰雕"，属隼形目的鹰科，国家二级保护动物。按当地传说，鹰雕是正宗的"千里眼"，在天空2000米之上都能看清地上的一根针。老张记得自己小时候，鹰雕在天空频现，扑下来就能准确无误地抓走一只老鼠或一只鸡。不知什么时候，鹰少了，其中原因他这个任职多年的保护局长也有所了解：90年代，农药市场一些剧毒的灭鼠产品被老百姓普遍使用，中毒的死老鼠又被鹰雕取食，致使整个物种锐减……因此，当那只鹰雕在眼里掠过，老张的兴奋不亚于看到天上掉下一块黄金。他立刻广泛告知周围的农户，请他们见到"老鹰"就打电话通知。

数十天后，张兴伟接到老乡电话，说看见有鹰雕反复出入一个山谷。他开上自己的老越野车就往山里跑，停下车又徒步奔到老乡描述的那道悬崖边，凭借自己花大价钱购买的望远镜往下面看，没多久就发现悬崖间一棵数十米高的大树顶端有个鹰巢。

有巢必有鹰，老张就地蹲守。第一天，鹰雕归来，警觉地发现了他，便在天空盘旋、鸣叫，而后离去，不归巢；第二天完全重复了第一天的情况。到第三天，两只鹰雕中的雄鹰终于忍无可忍，像疯了一样狂叫着，不断俯冲下来，向老张发起进攻。66岁的张兴伟身手敏捷，退离悬崖边，躲到大树下，做出只躲避不反击的姿态，向鹰雕示好。几天后，鹰雕的敌意果然有所减轻，它们不再理会老张，而是坦然归巢，在他的望远镜注视下，用嘴扭断树枝，修筑未完成的巢穴。

巢穴筑成后，雌雕开始趴窝，雄雕负责寻找和运送食物，并在附近警戒。张兴伟用自己的诚意换得了鹰雕的默许，每天借宿附近老乡家，早起出门，白天就靠一瓶矿泉水和一些干粮度日，蹲在崖顶安全位置持续用望远镜观察、拍摄，天黑才离开。这样又过了20多天，望远镜里的鹰巢突然多出一个蠕动的小白点，张兴伟胸口狂跳，知道雏鹰出壳了。之后，他看见雄鹰带回的食物是越来越"高级"，有松鼠，有村里抓来的老母鸡，甚至有白腹锦鸡等珍稀野生动物。

张兴伟连续在悬崖上面蹲守了近三个月，收获当然也是美妙的。他不但拍下了鹰雕筑巢、孵蛋、雏鹰出壳并生长的全过程，而且他的拍摄机位近到只离鹰巢几十米，单此一项就破了全国摄友的纪录。

曾经担心自己"不会拍照片"的张兴伟，照片不断亮相《国家地理》《华夏地理》《人与自然》等著名杂志，中央电视台等媒体争相使用他的长臂猿、鹰雕照片和视频，让景东、无量山、哀牢山长脸，虽然收获的稿酬微乎其微但他却乐此不疲。他相信与动物打交道得到的快乐是别处没有的，就比如说那次蹲守鹰雕快要结束的时候，有一天在拍摄间隙偶然回头，他才发现雄鹰不知什么时候来到了身后，就蹲在离他几米远的石头上："它当初拼命袭击我，那天却像老朋友般静静地看着我，弄得我眼睛潮潮的，受宠若惊啊，那是我保护拍摄野生动物获得的最高奖赏。"

　　谈话快结束的时候，张兴伟轻描淡写地跟我讲，他退休以来开坏了好几辆二手车，有两辆直接翻车报废。一次是车从河边坡地翻到河床，幸好当时只有他在车上，人没事，车碎了；另一次，车上还坐着几个护林员，他驾车从无量山的一个高峰沿山坡往下开，刹车失灵，车子直接冲到悬崖边，大家都闭上了眼睛准备上天堂，车子却被一棵大树卡住没往下掉。当所有人慢慢爬离车子后，张兴伟发现大家都被吓坏了，走几步便都瘫软在地上。他挨个查看，幸好一个人没伤、一点血没见，似乎真是护山有功，山神救了他们。

　　张兴伟说："我身体很好，只要能动我就要进山，用影像展示两山，用真心守护两山，把毕生献给两山。"话虽有些套路，可从他嘴里出来竟如陶政坤讲的那些"科学道理"一样动听。

　　也许，这就是空喊和行动的区别。

第六章　大围山围出别样滋味

　　一个有些遥远但绝不古老的故事：1972年，美国总统尼克松访问中国，接受了他的高参基辛格的建议，不远万里携北美红杉幼苗相赠。北美红杉成材以高大挺拔著称，大树胸径可超十米、树高可至一百多米，号称地球上个体最大的生物体。睿智的周恩来总理意识到对方暗示"美国是世界第一大国"，便立即亲自布置回礼，回赠美国5棵中华桫椤。这种植物被誉为"地球上最古老的树"。中华桫椤运到美国后，尼克松不禁感叹：周恩来总理太厉害了。这故事听来十分过瘾，5棵桫椤扬了国威，也显示了生态保护无比的重要性。这是云南大围山国家级自然保护区管护局局长白玉文跟我讲的。他的自豪在于，当年周总理调用的中华桫椤正好取自大围山。

　　2023年10月，我在国庆假期后的第一个工作日从昆明出发，先赴云南红河州大围山周边的河口、屏边、个旧，最后到了设在州府蒙自的大围山管护局，白玉文算是此行采访的最后一位保护者。在他看来，大围山地处边关、气候独特，整体海拔不算高但高差很大，最高峰海拔2354米，最低点海拔100米，造就了多个气候带和丰富的生境，成就了动植物繁衍生息的古老性、特有性、珍稀性、完整性和多样性，尤其以植物种类和特性突出，不乏高等和独有种类，如中华桫椤在我国分布有14种而大围山就有9种，如"植物界的大熊猫"苏铁在全国记录有14种而大围山就有7种，其中红河苏铁为此山独有……可以说，云南的生物多样性居全国之首，而大围山的植物多样性居云南前茅。

　　大围山被称为"北回归线上的一颗明珠"，是国之青山，当然也是他们这些守山人的荣耀。

一、迷彩卫士

云南东南部，大围山东北面与地球的北回归线擦肩，西南面连接亚洲大陆最南端的热带。在我的印象中，簇拥着这座山的河口、屏边、蒙自、个旧诸县市都是气候炎热之地，尤其是山南的红河河谷、与越南接壤的河口，更是"四季热情"。

我自幸运，时值云岭大地迎来一场绵延数日的降温降雨，让大围山周边褪去炎热，让我这个怕热的人享尽温润清凉。

河口县城紧挨红河沿岸展开，对面便是越南。

从昆明到河口约400公里，"C"字头的列车运行了将近5小时。10月7日中午，细雨中，火车刚停稳手机就响。河口管护分局的护林员杨鑫峰在电话里说他在出口等我，穿着一身迷彩服。

迷彩服基本已成我见过的护林员之标配，只是在河口这样的边境地区，着迷彩的人更添一分卫士的英姿。40多岁的杨鑫峰就是这样，干练，敏捷，行走如风。反倒是我俩面对面坐下后，他的表情变得有些紧张，似乎不知说什么好。

或许，这就是多年蹲守大山密林的一个结果？

杨鑫峰上过中专，学的是汽车修理，有门手艺，外出打工如鱼得水。许多年前，他靠娴熟的技术和吃苦肯干的秉性在省城昆明打拼，梦想着攒够钱回老家河口盖大房子。2005年，家里一场变故，他只好回家继承大伯的事业。

继承，事业，都是严肃郑重的字眼，他说的就是护林。

那年，杨鑫峰看山护林大半辈子的大伯突然遭遇重病辞世。办完葬礼，父亲立即跟杨鑫峰说："小峰，你大伯承担的这个事是大事，收入虽不高，但毕竟是我们这个家族的一份光荣，不能放弃，你看……"杨鑫峰没说什么，顶上。

大围山管护局河口分局瑶山管护站尖山瞭望塔海拔2050米，管辖的是整个保护区海拔最高、条件最艰苦的一个区域。头一次上去，杨鑫峰一个人一住就是半年。他实话说，那年自己才26岁，刚从大城市回来，有点受不住那份让人窒息的孤独。于是分局领导协调照顾，让他的新婚妻子也当了护林员。小夫妻安家于瞭望塔下简陋的值班房，守卫着2800亩森林，一开始两个人的月收入也就两百多元。他们巡逻、做记录，闲时种菜、养鸡，养活自己和闯入二人世界的孩子。一个人的坚守是孤独，一家人的坚守还是孤独，仰望日月，对话风雨，履行着森林卫士的责任。

那年春天，有个外地商人私自进入保护区外围的村庄，四处游说，怂恿村民偷采野生毛茶来卖给他。杨鑫峰从一个村民口中得知此事，便在此人第二次进村时前往阻拦，当着村民的面将他赶走。没过几天，商人带着两个帮手专门来找碴儿，声称来山里收茶是帮助当地村民脱贫致富，合理合法，不归护林员管。杨鑫峰毫不留情地戳穿他："野茶是国家的，你不来没人去动，你拿些小钱诱惑老百姓偷采，这是典型的破坏行为。"对方说不过他，便强行抢了他的手机，扬言要打得他没地方求援。杨鑫峰心里紧张，但表面却镇定自若。他心知一人难敌数人，也料定打人犯法、对方也心虚，便打定主意不还手也不退缩。对方推搡挥拳，虚张声势一阵子之后，见他不上当，只好将他的手机丢在草地上灰溜溜离开了，后来再也不见现身。

杨鑫峰分管的辖区，有一片林地长期被附近村民视为牧场，放任牲口啃光草根和树叶。他无数次入寨宣传、制止放牧，一个人与一村人的拉锯长达数年。期间他被偏激的村民威胁过多次。在他的建议下，河口管护分局下决心修补这块"疮疤"，组织树苗、人力，在放牧造成的大约800亩空白地带补种了几万棵树，并用铁丝网合围。

给自己的辖区"治病"，最卖力的当然是杨鑫峰。半年多的植树期，他总是每天第一个上班、最后一个收工，有时夜里不放心还打着手电筒去铁丝网边上巡逻。一些村民因此认为他这是在示威，便挑了个日子，聚集了20多人冲到瞭望塔兴师问罪。他们将杨鑫峰煮饭的锅碗瓢盆都扔到树林里，还咄咄逼人要杨鑫峰道歉。杨鑫峰不急不恼，一个劲赔笑、讲道理，用光所有的纸杯给每个人上开水。一个多小时后，闹事的村民陆续离去，剩下十多个人坐着不走，提出要杨鑫峰给他们弄点吃的。杨鑫峰明白，村民们已经服软，无非是要找个台阶下。他劝说哭泣中的妻子，一起到树林里找回锅碗，认真地煮了一顿饭。当所有村民都端起他的碗，杨鑫峰抓住那些人"吃人嘴软"的机会夺取了最终胜利："各位气也出了，饭也吃了，以后谁再无理取闹，就别怪我报告森林公安抓人。"

在工作中，杨鑫峰总是穿着他的迷彩服，给人一种威严的感觉，在我看来这与护林员的工作性质很匹配。而在杨鑫峰心中，着迷彩服、戴红袖标只是为了表明身份、行走方便，他最不愿意的就是这身装扮拉开自己与周边村民的距离。有一次下着小雨，他在林中遇到几个拾蘑菇的孩子，刚要说话，孩子们却扭头便跑。他知道是自己的服装吓到了他们，又担心孩子太小，在山里跑出意外，便追上其中一个，告诉孩子自己并无恶意，并让那个孩子召齐了伙伴。他一路护送孩子下山，乘机跟他们讲了保护区不允许随便进入，一旦进入还容易迷路出危险的道理，让他们以后不要再跑那么远拾蘑菇。因是雨天，他将几个孩子都送到了家中，才知其中有个孩子的父亲竟是上次扔他铁锅那位。两个大人相见，这位父亲羞愧不已，一个劲表示歉意。

2021年，在围绕尖山瞭望塔工作长达16年之后，杨鑫峰被调到现在的小围山片区工作，还当上了片区护林组长。离家近了，他的妻子终于解脱，不用再陪着他当护林员了。杨鑫峰落得一份安心，在局领导、科研人员指导下，将自己的工作上升到科研层面，利用空地，为保护区培育出了一批地生珍贵苗木如云南金花茶、河口长梗茶、福寿木莲、莲座蕨等，成为"河口极小种群植物园"建设的一员骨干。

与杨鑫峰交谈结束，雨也告停。橘红色的护林车在河谷和山路上穿行，一个多小时后抵达河口分局瑶山管护站新建的小楼。后窗森林如画，土生土长的瑶族护林员蒋中华巡山归来，满头大汗地坐在我对面，以帽子当扇子。

蒋中华绝对称得上河口分局的老资格，他的护林员身份来自他是瑶山最早的"知识分子"。

那是20世纪80年代初，他小学毕业，到河口县城上初中。作为少数民族儿童，他和一帮同伴享受了国家最大的照顾，住校读书，学费、住宿费、伙食费全免。尽管这样，同去的伙伴还是不断有人辍学。原因大致有二，一是县城特别炎热，从小生长在山上的他们有些吃不消；二是县城离家60多公里，没有公路，来回全靠双脚，回家一趟相当艰难。就因为这样，一帮孩子最后只剩两人坚持。蒋中华对仅剩的一个伙伴说，我俩都不能再逃跑了，不能让别人笑话。

上个初中，两个少年历尽艰辛。他们去学校，通常得半夜起床从村里出发，走到第二天夜里，返回也是。有一次因为家里有事耽搁，他们中午才出发，两人连夜走到半路，困得耐不住了，便找了一片深草，扒开来睡觉。不一会儿醒来，他却发现同伴不见了，着急忙慌起身喊人，下方传来应答声，两人边喊边摸索，好半天才拉到对方的手。原来暗夜无边，两人都没发现他们睡觉的地方是个斜坡，同伴在梦中沿着草丛滚到了十几米之外。

那时，初中毕业生在闭塞的瑶山极稀有，遇上大围山建立省级保护区，蒋中华当上首批护林员。他走进林业站低矮的小瓦房，只见里面空空的，也不知接下来的工作该怎样开展。工作没多久的一个黄昏，他们突然看见远处的一个山头冒起浓烟。几个人啥也没想就往火场跑，跑到天黑，凭远处的火光判断，距离还远着呢，而他们手里，连手电筒之类的照明工具都没有。摸黑赶路，各自摔了不知道多少次。等终于爬到火场，山火已经弥漫开来。他们发现，就他们几个人，莫说灭火，能保住小命就不错了……扑救无用，职责又不允许离开，怎么办呢？秋后的深山，一场雨突然而至，雨滴打在脸上，当然也打在了熊熊烈火之中。他们在雨中欢呼，奔走，亲眼看着火焰一点点熄灭。一夜未眠，浑身湿透，却个个如同得胜的战士。

参加工作没几年，有一次接到报案说有人砍树。蒋中华借了一辆摩托车只身前往，途中翻车崴了左脚，车坏了，他又弃车步行，最终在下山路上堵到了偷伐者。从那时起，他的一根趾骨再也没愈合，行走大受影响，工作却从未间断。

身穿迷彩服数十年，他自认是一名守卫边关和家乡的民兵，"守"是不变的职责，依靠老百姓来守是最有效的方式。

怎样才能让老百姓成为依靠呢？蒋中华的答案是"关心他们"。

瑶山，一听地名就知道这是瑶族等少数民族的一方聚居地。蒋中华身为瑶族，祖辈相传"看见别人有困难就要帮"的善良。正好，他当上了护林员，吃上了公家饭，便有了帮助他人之便。因他不时来往于瑶山镇与各村寨之间，便不断有乡亲托他代买一包盐、一袋味精、两斤煤油、两瓶啤酒、一把面条……

这些东西，大部分是生活必需品；有的如啤酒，在那个年代则是山区农村的"奢侈品"。蒋中华一一应诺，垫钱购买，扛在肩头，送到家中，无形中成了瑶山最早的义务快递员。他所投递之物，条件好点的家庭能当即结算，遇上经济状况不好的人家就只好改代买为赠送。一元两元，积少成多。时间久了，蒋中华也记不得自己在乡亲头上花了多少钱。他坦然的是，代买东西的事情自己家人都知道并且支持，尤其是父母、妻子，听他讲到谁家困难，还会从家里找些粮食交给他去相送。

蒋中华略懂医术，经常买药或者采集草药义务给人治病。2018年，他在某村遇上一个拄着拐棍一步一晃的老人。上前打听，老人独居，身染重疾，奄奄一息。他问清病情便迅速回到镇上买了几百块钱的药送到村里，又委托村里的一位护林员指导、监督老人吃药。一段时间后，老人病情缓解。他又持续上门把脉，几次买药赠送，"主治医生"当了数年，老人基本康复，走路不再依赖拐棍。还有一位老人，喘气发烧，在家中卧床不起，家人都在准备后事了，蒋中华主动上门查看，认为老人的病只是肺部感染、不致命，便竭力劝说家人送医院医治。老人出院后，会经常到村口张望，看见蒋中华路过就非得拉他到家里坐坐。

蒋中华出力贴钱、治病救人，他关心别人，别人回报他以尊敬，这份尊敬让他的工作变得轻松顺手。就说信息沟通吧，如今手机已在村里普及，辖区但凡有个风吹草动都会有人给他打电话报告，遇到事情赶不到现场，他还可以先让近处的村民代为了解或临时处置。

不愧是瑶山最早的"知识分子"，以情护林。我为蒋中华高兴，也为大围山有他这样的护林员高兴。

离开瑶山已是夜晚，蒋中华带着他的独生子为我送行，还告诉我儿子刚被招为合同制护林员。他是少数民族，年近60岁，这样的人只有一个孩子是很少见的，而且他让儿子也当了护林员，意味着他一生积攒的人缘和经营的事业有了继承。父子俩穿着整齐一致的迷彩服立在山岗，姿态一致，让车里的我忍不住回头，刮目相看。

二、拯救"脆弱"

2023年10月8日早晨，河口县城，张贵良按约定时间分秒不差来到我寄宿的酒店。

到酒店"躲着聊"是我的意见。大围山保护区在河口县境内有27518公顷，占了整个保护区面积的差不多63%。我知道，一旦坐在办公室，张贵良这个分局局长就会有处理不完的事情，是不可能专心交流的。

百余米之外便是异国。透过窗户，雨季泛黄的红河隔在中间，由西向东、由右向左，时光般悄无声息地流淌。

云南陆良县与河口县都在云南东部，不同的是纬度一北一南、气候一凉一热。它们便是张贵良生长和工作的两个故乡。2004年秋天，西南林学院的农学学士张贵良乘坐夜班车来河口，近视眼镜的一块镜片在路途中遗失。他吃力地眯着眼睛，下车欲先配镜，却被河口大清早就无处不在的热浪吓一大跳。那时在老家已穿秋衣，而河口的气温即使在夜里也保持30多摄氏度。张贵良配了眼镜，带着一身汗到保护区河口分局报到，迷糊之间便成了大围山的人。

第一年，狭小的单身宿舍，以一张藤制长椅为床，局促蜷身。夜里闷热，颠来倒去睡不着，指望第二天进山能伸展，没想到山里还是闷热。第二年，保护区升格国字号后的重新勘界工作展开，人生的一次长征开始，白天奔波流汗，夜晚在老百姓家的稻草堆上过夜。有一天，行走途中突然就没了路，一道断崖兀立面前。他也腿软，想退几步躺倒不干。踌躇间"哇"的一声，走在身后的一位女同事被悬崖吓得哭出了声。他只好挺起男子汉的胸膛，安慰同事，率先回头去找别的路。

保护区外围认定后要栽界桩，300多根水泥桩运送到山下，四个人一组，一根一根抬上山。张贵良抢前忙后做协调工作，还要扛界桩。有一段日子，他们在山区的一位老乡家搭伙。村里干旱，水贵如油，老乡家人畜共用一口锅，通常先煮猪食，用抹布抹几下又接着煮饭，碗筷发腻，饭菜味道怪异，那种滋味说不出。张贵良每天饿得捧腹，临到吃饭却又咽不下。但一连吞了几天，似乎便忘了怪味，狼吞虎咽只管饱。

数年苦战，天天磨砺，张贵良变黑了，也变壮了。不知道什么时候，他进出深山步履自如，炎热和大量流汗也不再吃不消。守着青山，张贵良此生最大的愿望滋生，那就是守护不能只满足于守护，要通过科学研究守出味道和成果。静静地，他的目光开始投向大围山丰富的植物资源。他自告奋勇，首先针对大围山蕨类植物进行了野外调查。此类植物求生于树木茅草之间，张贵良为之伏地似蛇、深钻若鼠，每见一株必久久端详，拍照录名。数月之后，他的调查报告完成，采集标本1000余份，一次性增加蕨类新纪录50余种。一次调查下来，其中辛苦几天便被抛之脑后，心中只剩甜头，他接着承担了大围山40余种珍稀濒危植物的野外种群结构调查与繁育技术研究，同时开展插杆繁育试验，解决了极小种群天星蕨等物种的就地保护与种群恢复问题，掌握了"云南金茶花"等物种的人工繁育技术。

守山护林之路，走在监管上，也走在思考探索里。张贵良逐步成长为科研骨干，先后担任了分局保护科长、局长，他身上来自勤奋和痴迷的能量，在一定程度得以全面发挥。

宣传是自然保护中最基础和最枯燥之处，别人搞宣传是做了再看效果，他则是先考量效果，倒推回来选择有效的手段。考虑到宣传的普遍性，他组织编印生动的保护告知书和形象的宣传挂图等资料16.5万份，让分局的同志带队，分头发放、张贴到保护区的每个村寨。考虑宣传的系统性，他牵头编写可读性极强的《河口野生动植物公共读本》并大量印制，做到了保护区周边的农户每家一册。考虑宣传的科学性，张贵良提议、推动成立了河口县多个部门参与的"中越边境生物多样性研究工作组"，组织编写了多册研究通讯，内容集保护、探索为一体，发放范围和影响由国内到越南。

在管理上，张贵良不满足于以人力为主的传统模式，而是将探索的步履迈入了数字化层面。2016年，他在大围山管护局首次提出"天然林巡护员加智能手机数据库"的管理模式，在上级支持下创建了红河州乃至全省生物保护领域最具代表性的巡护数据库。这个模式听起来玄乎，实际上就是充分利用电脑、网络和每个管护人员的手机，建立一张看不见而无死角的空中大网。通过此举，至今已收集动植物照片7万多张，发现大量珍稀濒危物种在河口境内的分布点，还促成了对多起危害野生动植物违法行为的打击。而在大围山管护局全面推行"网格化管理"的过程中，张贵良更是积极制定细则、仔细划定责任区、科学进行片区风险评估，最大限度地强化护林员的责任心，保证了辖区无空白的巡护。

当日常工作借助智慧的管理井井有条，一个上进的基层管理者的肩上便长出了另一只翅膀，张贵良的愿望慢慢放飞。从事保护工作18年，他拍摄了有效的野生动植物照片12万多张，参与发现我国新纪录植物3种、云南新纪录2种、大围山新纪录60多种，亲手采集标本并参与命名发表了河口紫花苣苔、南溪蛛毛苣苔、大围山梧桐、素功莲座蕨4个新物种，与相关专家、学者联合发表新种及极小种群植物研究论文多篇。还有，他与中国科学院专家合作完成的一项研究还让河口分局成为全国唯一在"第19届深圳国际植物学大会"上进行交流发言的基层林业单位……

2018年是张贵良最为自豪的一年。

那年，张贵良主要针对苦苣苔科、兰科两种植物，组织了一次云南大围山特殊环境植物专项调查。调查的提出来自他的思考，调查的执行自然少不了他的事必躬亲。他带着一组并不庞大，甚至可以说技术力量很弱的队伍，在大围山保护区内外狂奔，突破思维定势，突破日常管护范围，不时还突破人的体能极限。起初没有几个人知道他要干什么，甚至他反复解释，人家也不明白。数月之后，张贵良整理调查成果并分析总结，在一次学术会议上首次提出了"脆弱生境野生植物"的概念。

业内外一时哗然：什么叫脆弱生境？

诧异难怪。就在交谈进行到此时，尽管这个新的科学词组早已被外界认可，但我这个外行听来仍然是一脸茫然。张贵良笑着，反复跟我描述，说他心目中的"脆弱生境野生植物"就好比人世间生存环境不是很好却顽强向上的人，特指分布于石壁、崖壁、洞穴口、树干、小微湿地、干热河谷、沙漠、高山草甸、流石滩、冰缘带等特殊环境的植物，对它们的研究可为保护大围山乃至更大范围的珍稀植物提供依据。然而，这些植物抗打击能力较弱，一旦受到自然或人为干扰，种群将会发生严重退化甚至灭绝，并且难以恢复，因此"脆弱"，需要倍加关注、保护。他拿自己参与发现的新物种"河口南溪蛛毛苣苔"做例子，那是一种生长于潮湿岩壁上的弱小植物，特别耐阴，能开出绚丽的花朵，珍贵，好看，但分布区域极其狭窄，生存环境非常脆弱，作为物种很容易灭绝，迫切需要保护。

再往下说就好懂了。

也是在2018年，由张贵良提议并负责的"河口极小种群植物园"开工建设。在项目的选址、设计、移栽等各环节中，张贵良像个苛刻的监工，又像是个卖力的小工。项目一期占地60亩，栽培极小种群植物260余种，其中珍稀濒危植物60余种。作为"策划师"，张贵良不仅抓实了硬件，还在软件上同时着力，领头完成了植物园的附属项目"河口县生物多样性科普展厅"的建设，在展厅布置了十大宣传主题、若干照片、数万字的注解。小小的河口极小种群植物园，毫无意外地成为中越边境一个生物多样性的特别窗口，成为河口县的一道特有风景，先后迎来过国家、省、州多级多位领导以及科学家、高校师生赞赏的目光，被媒体誉为"中国第一个县级极小种群植物园"。

河口的土地、河口的动植物、河口的弱小种群，就这样占据张贵良的头脑。他心中有个"小九九"，又称"369"：要拿3次省部级以上奖励（已获2次：全国第八届"母亲河奖"绿色卫士奖、"全国绿化奖章"）；要出版6本自然研究专著（已出2本）；要参与发表9个新物种（已发表4个）。

此"私心"可嘉。张贵良这个分局长当得如此具有科技含量，我认为少见、难得。说起这一点，他声称自己运气好，遇上了大围山，遇上了一帮齐心尽力的同事和护林员。而另一方面，也有护林员跟我说过这样的事：张贵良下乡特别勤，在管护站与大家同吃同住，每次都坚持交足伙食费，从来不占护林员半分钱的便宜。疫情期间，为鼓励大家坚守岗位，完成自然保护和边境防疫的双重任务，张贵良一次性自掏腰包7000多元买肉分给各个站点的护林员。

三、特殊村民

河口、屏边两县依大围山相连，前者在山南，后者位居山的中段。2023

年10月8日和9日，我经过河口分局莲花滩管护站，先后抵达屏边分局新现、玉屏、白河3个管护站。

在采访中得知，大围山自然保护区的保护区域发生过一次较大的调整：1986年3月，大围山省级自然保护区划定保护面积15365公顷；2001年6月，国务院正式批准大围山为国家级自然保护区，重新划定保护面积达43993公顷。

从省级到国家级，大围山保护区的面积猛增186%，致使周边相关县、市许多村寨的承包地、集体林被直接划入，村民们之前种着杉木、草果等经济林木的大约5万亩承包林地也变成了被保护对象。对此，相关区域的农户大部分表示理解，但难免也有少数人想不通，甚至出现些过激行为。

大围山管护局的一些兼职护林员的立场因此变得十分特殊。他们之中有不少人承受了跟其他农户一样的损失，为保护作出了贡献。然而因为自己是护林员，他们不但半句牢骚都不能发，还得顶着白眼，挨家挨户去做乡亲的工作，制止少数人的不当行为。

河口分局莲花滩管护站的护林员张庭家里有几千棵杉树被划入保护范围，当初为种植这些树花了不少钱，产生的欠债用了好几年才还清。谈及这件事，张庭一语带过："损失谁不心疼？再心疼也得服从国家安排啊。"1990年才出生的他，已拥有11年护林履历，管辖的片区有5万多亩山林，8个护林员中年龄他最小，片区组长却是他。问他怎么以幼管长，他回答："我说不清楚，只是带头做、认真做。"

端着护林员的饭碗，张庭肩上的压力倍增。多年前，他刚参加保护区的工作就配合上级调查处理了几起发生在辖区内的故意破坏事件，在一些人心目中埋下怨气。有的人因此公开威胁"你等着"。2013年5月的一个早晨，张庭全家早起，还请了帮手，准备完成一年里最重要的水稻插秧。他们高高兴兴地走到田间，才看见准备好的稻秧全趴在水中半死不活，都被人喷洒了除草剂。一家人一年的收成成为泡影，这还不是最严重的后果。在田间，家庭矛盾彻底爆发，他的哥哥将一肚子火气全都撒向了弟弟，直言张庭当护林员得罪了人，连累了全家。张庭没有跟哥哥顶嘴。他少年遭遇父亲病故、母亲改嫁，一直跟着哥哥过日子，弟兄关系本来很和谐，他当护林员也是想为哥哥减轻经济负担，没想到却出了这样的幺蛾子。那一年他刚满20岁，还没成家，但心中自有主见，不肯放弃护林工作，选择了分家，一个人自立门户。

仗着年轻，加上抛开了顾忌，张庭的工作特别投入。他每月入林20多天，跑遍了辖区的每个角落，将里面的地形、植被情况、大树数量统统储存在脑海里。2015年，他觉得自己逢人就宣传护林防火效果不够好，还得有个固定的宣传阵地。想了很长时间，他拿出积蓄，自己购买、运输水泥、砖头等建筑材料，自己动手在本村人流量最大的多依树垭口建造了一块砖砌成的大黑板，上半部分醒目地写上"护林"二字，剩余版面则不断更新，摘抄国家有关自然保护的法律、条例，每逢旱季来临则写上森林防火的种种温馨提示。他独创的阵地，先后花了近千元积蓄和无数休息时间。围绕黑板，村人、路人难免驻足，村里的老人、孩子则以之为地标，不时聚集观看。

张庭觉得自己的辖区动植物资源丰富，单靠脑子和笔记不行，便开始自学各种电脑程序。经过反复尝试，他在电脑里纵横交错地为辖区设置了多条固定的巡护路线，并用互动地图软件标注了卫星坐标轨迹，还针对盲点、难点设计了查缺补漏线路。好学的他，也因此成了大围山保护"网格化管理"的一员干将。他觉得自己才30多岁，完全可能成为大围山最出色的那个护林员。他主动承担了辖区内的珍稀植物调查，大凡生长在其中的各种宝树如中华桫椤、望天树等，每种他都能讲出数量、生境、树形，仿佛那也是自己家的树："那些树任何一棵的价值都可能超过我家划走的几千棵杉树的总价，想到这一点我就无悔。"

就我的表达习惯考量，"无悔"一词似乎更适合针对中老年人，比如在本书前面的章节中，我就曾说景东县古稀之年的张兴伟还坚持在无量山拍照是追求"无悔"。当张庭将这个词说出来，我认真地咀嚼了一下，也对，他不必悔，他还年轻，既有的付出，回报会在未来加倍。

在谈话中，张庭跟我提到，经济林木没有了，他正考虑要不要种点水果增加收入，比如百香果。他随口这一说被我记住，是因为我随后就在大围山屏边县白河管护站吃上了百香果。

白河站的房子建在山坡，视野开阔。午后的大围山多云间晴，一棵不知名的巨树立在身边，我背靠大树，看见无边的翠绿接踵白云而又泾渭分明。护林员周建明骑着摩托匆匆赶到，坐下便从衣袋里摸出两个绿色的果子："我自己种的百香果，还不太熟，可能会有点酸。"我俩一人吃一个，刚摘的百香果酸爽无比。

周建明年过50，护林已是20多年。保护区重新勘界的时候，他遭受了两重损失。一重是全家被划入保护区的杉木林共有60多亩，那些树基本已经成材，有的一棵就值好几百。他的另一重损失来自"运气不好"，就在保护区范围扩大之前，他不但舍不得砍伐自己的杉树，还与几位村民合伙，凑钱买了一大片别家刚砍过的杉树桩，指望树桩萌发新苗，长大后再砍树卖钱。想不到头年付了钱，那些树桩第二年就全部划进了保护区，单他一个人的贷款投入就超过万元，一笔巨款眨眼间打了水漂。而同样因为自己是护林员，自认该作表率，他有难处只能往肚子里咽，从没找谁吵闹过半句。

周建明守山的任务很重，一个人管着保护区大约8700亩的山林。林子离村不远，但一天根本转不过来。多年来他的日常巡护总是一天钻上半截，又一天朝下面蹿，两天一个周期相对固定。如果哪天被打乱，那就肯定是发生了意外。几年前的一个冬日，他本来要去上半部，路上却远远看见有个人从另一个方向进了树林。山里的路就是这样，看似几百米，赶过去却要好半天。他在树林中找到那人，却见对方空着手，也没干什么，只得告诉对方，保护区范围不能擅入。那人走后，周建明想想不对，又悄悄尾随。不久便见那人从厚厚的冬衣里掏出一把一尺多长的小锄头在地上挖，才得知对方是偷采草药的人。上前追问，对方承认想找点草药自己用，周建明拿走了小锄头，将对方劝离，这一折腾便去了大半天。还有一次，他正在上半部巡逻，却接到一位村民电话，说看见有两个人背着背包往上走。为了赶时间，他舍弃平时走的路，沿着陡坡半走半滚直接往下。找到人时，两个来自外省的背包客竟然集起了一堆干柴，正要生火。周建明上前制止，两人还挺不高兴，说自己有经验，雨季生火引不起火灾。

20多年的护林生涯，周建明的辖区大事情没有，小矛盾总是随时发生，什么时候得罪人、得罪过多少人连他自己也不知道。他记得10多年前，附近某村有老百姓在外地木材老板怂恿下砍伐已划归保护区的杉木来出售，双方都被罚款，砍树的村民还被判了缓刑。作为护林员，事情的调查处理过程自然少不了周建明的参与。可能是类似的事情让一些人心生恨意，于是几年前的一天，他家的玉米苗还不及膝高便被人偷偷拔光，发现的时候苗子都已倒地干瘪。接着，他的哥哥和弟媳妇分别在独自走夜路的时候被人暴打，先后都去县城住院长达一个多月。

上述事情都过去了几年，至今也不知道下手的人是谁，但他分析肯定跟自己当护林员得罪了人有关，尽管家人不怪他，内心的歉疚却一直没消除⋯⋯话题有些沉重，听得我的心中泛酸，眉头不由得锁紧。我索性起身，要他指点辖区给我看，从南到北，从东到西，他一说山林便恢复了笑意。

新现管护站的护林员向长江是个心直口快的人，他见面就跟我说，当了护林员，就连做个梦都跟别人不同。

心知他这话是切身体验，我静等他的下文。他说自己这些年做梦，梦里的背景总是红的、烫的，比如梦见阳光刺得眼睛睁不开、炉火包围着自己逃不掉等等。梦的科学解释是"日有所思"，有件事情对他大脑皮层的刺激太深刻、太持久。那是他参加护林的第4年，2009年春夏之交，他傍晚从山林归来，还没进寨子就觉得不对，似乎有浓烟弥漫到了天空。他回头看见山里隐约有火光，那时电话也响了，站长也接到了火情报告，嘱咐他先赶去查看。一个多小时后到达火场，他很快用手机报了火情位置和范围。待扑火队伍赶到，他又及时提出了扑火建议。后来，地面火被连夜组织扑灭，地下的残火却因腐殖土太厚而无法根除，向长江被指派看守现场，不知在黑乎乎的地上走了多少遍，有时一脚踩下去便生剧痛，扒开来看，红彤彤的暗火好像传说中的魔鬼眼睛瞪着他⋯⋯直到28天后，他才被允许撤离。

听向长江这一说，他的同村伙伴、护林员张云波也说这几年总会梦见嗓子发麻，想喊而喊不出来。张云波的故事是，某一年他和一位同事远行到山那边的村寨搞宣传，回程天色已晚，眼看赶到任何村寨借宿都不可能了，只好在山地里找个村民临时用的小棚子过夜。两人都没带口粮，饥饿难忍，见棚子里面有口小锅，他们就摘了些长在地里的芋头秆来煮食。吃的时候，同伴嘴快，多吃了几口，先喊嗓子疼，接着就说不出话来了。张云波吓得吐掉口中的芋头秆，忙着照顾同伴，不一会儿也觉得自己舌头大了，讲话不清晰，脑袋一个劲发蒙。他知道两人都中毒了，深更半夜也没有别的办法，只能强撑着不敢入睡。到了后半夜，他们的症状才慢慢缓解，想喝水，随身带的水又早已喝光，从此看见芋头秆就像看见毒蛇，做梦总是梦见口干舌燥。

在屏边分局玉屏管护站，护林员王庆也跟我描述了自己常见的一个梦境：一把尖刀从天而降，重重地落在面前……噩梦有源，刀不是刀。幽深的乔木林里，王庆和一位同伴有一次巡山累了，两个人面对面、头对头坐下来喝水吃干粮。天气很好，阳光从大树之间落下来，温暖着因大汗淋漓而发凉的身体，两人有说有笑，吃得开心。突然一声闷响，一根尖锐的枯枝自带力度，不声不响、不偏不倚就掉下来，深深地插入他俩中间的泥土。两人就地滚开，回头看那枯枝的架势，不论往哪边偏20厘米，他俩恐怕就得有一人血溅当场。

身为保护区附近村民，以合同制身份兼职，2023年以来我采访过的一线护林员基本都是这个模式。在别的保护区，有护林员形容自己的工作是"走别人走不着的路，吃别人吃不着的苦"。在大围山，我感到这句话还可以再往下并列：受别人不能受的气，做别人不会做的梦。

四、让苏铁"结婚"

大围山保护区在北端的个旧市区域仅有1485公顷，这么点面积又由各不相连的蔓耗、冷墩、麻玉田3个片区构成，冷墩、麻玉田远离大围山保护区主要区域，但这里却生长着一种珍贵的植物，因而被纳入保护范围。

苏铁是地球上现存最珍稀的种子植物，被业界称为"裸子植物活化石"，尤其是以地名命名、大围山特有的红河苏铁，其古老程度世界罕见，为冷墩、麻玉田两个区域很小范围独有，分布地仅限海拔300至800米的干热河谷山地。

2023年10月10日，云南大部地区天阴，气温仅15摄氏度左右，红河河谷也不见阳光，却依然闷热。

麻玉田村的护林员李伟祥正在家门口干活，说他长期忙于守山，家中堆了好多事要做。他出生于1967年，2015年开始成为这个片区唯一的护林员，守护着山头上的红河苏铁。在墙角，顺着他手指的方向，只见山上灌木林掩不住乱石丛生，整个山体呈灰色，典型的干热河谷灌丛环境。问他，山上最大的红河苏铁有多大，他说："我有照片，足有一丈五尺高，两个人抱不过来。"照片里，那棵"苏铁王"突起于高高的石峰间，不顾植根石头、泥土很少而笔直向上，长到中部分叉，枯了一枝，另一枝不屈不挠继续长，在最高处撑开一方伞状的墨绿。

老李的地方口音太浓，我俩交流起来十分困难。倒是他妻子童美英，说慢些我便基本能听懂。她告诉我，丈夫看山8年，只管上山不管家，只关心铁树不关心儿子。我便开玩笑说："很不像话，你干吗不跟他离婚啊。"她于是笑得很开心："离不成，老了，离了便没人要他，也没人要我。"老李每次上山巡逻，爬悬崖、钻石缝，每次天不亮出发要到晚上才能回来，有一次竟至半夜才到家，也不多说话，胡乱吃一口便睡了，第二天才发现他走路不利索，原来是在山中崴了脚，所以回家才会那么晚。

李伟祥知道老伴天天在担心他，有一次就邀约老伴，说要带她去山上看风景。童美英去了一次便有第二次，有了几次便有了经常。女人毕竟勤快，头天晚上就准备好第二天的干粮，有时还变着法子带些糕点和糖。李伟祥尝到了两个人一起上山的甜头，再也离不开老伴的陪伴。最终，丈夫拿着每月1200元的报酬，妻子也成了义务护林员。在山里，瘦小的童美英的敏捷程度和耐受力并不比丈夫差："我有时比他还快，只是口渴得很，两个人一壶水不够喝。"我说："那就带两壶水啊。"她哈哈大笑："只有一个壶，我又不是护林员，人家不发给我。"我说："我买一个送你们行不？买个更大的。"她说："好嘛，你敢送我就敢要。"这个心直口快的女人不仅能翻山越岭，眼睛还特别好使。2015年春天，两口子坐在一块山石上嚼干粮，童美英左看右看，看见远处一棵苏铁顶着个白点，连忙招呼丈夫走过去，红河苏铁开花的场景于是首次被发现。那朵花后来被专家确认为雄花，一个月后他们又在山中发现了雌花……

离开李伟祥家，汽车沿江行走一段便拐入通往个旧市的山谷，不久就到了冷墩。大围山管护局个旧管护所所长李文清仰头指点，说上面就是红河苏铁的原生区域。我们钻进灌木林努力向上，爬到我腿软，站定，李所长所指的"原生区域"依然遥不可及。囿于体力、时间，我不得不认输，但一趟下来也没白跑，如愿看到不少人工栽种的苏铁，小苗为李文清他们人工培育后移来，大的几棵，据说已被附近的农户弄回家里多年，他们偶然发现，做工作索要，又移栽回来。脚下这片山坡，因此被他们称为"红河苏铁回归园"。

在冷墩山谷不多的房舍间借了个地方坐下，李文清有些不好意思地说："只好将就着坐坐了，我们的办公室在个旧市区，不过也长期闲着没人在。"大围山保护区在个旧地界面积小，所以只设置了管护所而不是"分局"，人员很少，3个区域又相对分散，所以除了开会，就连他这个所长也基本不进办公室，而是真正的四处跑：每次巡护从个旧市出发，远走蔓耗，再往麻玉田，再到冷墩，间歇行车200多公里，其中步行几十公里，没个四五天对付不下来，一趟又一趟，让人觉得日子过得飞快，显得苏铁生长太慢。

52岁的李文清在学校学的是兽医，乡镇兽医站曾经是他的用武之地。他的工作辗转多处，2011年开始到管护所任职。从家畜到野生动植物，对象大变，他放下药箱，背上了野外用具。10多年来，他走遍蔓耗区域的每一棵望天树下、每一片金花茶林："望天树你应该见过，但望天树开花你没见过吧？蔓耗望天树开花那个壮观，仿佛花雨从天上泼下来……"众多物种里，红河苏铁这个特有物种花费了他太多心血。麻玉田和冷墩都处在干热河谷，地表干燥，多是石头，夏季酷热，气温最高可超过40摄氏度，被暴晒后的地表，午后温度都在50摄氏度以上，他们走在上面，每一步都像踩在烧红的铁板上，连风都是烫的，加之植被矮小、枝叶稀疏，连个遮阴的角落都找不到，每次去看苏铁，他们只能早起上山，五六个小时不敢停歇，一口气走回来。

在护林员配合下，李文清用了几年时间对红河苏铁进行"双足丈量"，想摸清家底，想做成一本图书。干热河谷的红河苏铁大部分都原生于少土无土的石头缝里，生境可谓特别恶劣，却能一年发4次叶芽，叶子的两边和背面长出特别的棱角，最高的一棵超过5米，最粗的一棵胸径超过2米，其顽强的生命力让他从心底震撼。2014年，他惊喜地得出结论，两个片区的红河苏铁一共有1291棵，比上一次即1998年调查的"不足1000棵"足足增长了300棵，这说明只要严格保护，铁树依然可能在生境内漫山遍野。他亲手操刀，对每棵苏铁都实施挂牌标注，并在电脑里进行了卫星定位，像是给它们都发了个手机，随时能通过电脑"联系"。

更大的惊喜在后头：铁树开花。2015年3月，一根苗壮的雄花花柱首先在麻玉田山岩怒放，经李伟祥报告，李文清第二天就前往现场，被那朵硕大的花柱折服，站在现场就打电话向上级汇报。省里有关部门的人不信，专门派了专家来验证。雄花开了，雌花会不会跟着开呢？李文清三天两头上山守候。4月底，另一棵铁树竟真的如约捧出两个并蒂的雌花花球……说到这里，李文清也忍不住打开手机，从海量的照片里找照片。两个老花眼凑在一起好几分钟，我看见他照片里的雄树修长高大，雄花开在顶部，一柱擎天，而雌树树形圆润丰满，秀美的枝叶围绕着两个白色的花团，犹如正小心地怀抱孩子。

回忆中，李文清既兴奋也冷静。他告诉我，铁树虽然开花了，但开得万分珍贵。8年来，他们年年望眼欲穿，结果发现开花的铁树总是极少，且大多数年份往往是雄花开了雌花未开，或者相反，雌雄同开的年份只有2015年、2018年、2022年这3年，一共只涉及8棵树。而即使是雌雄同开，雄树与雌树之间也有相当的距离，不可能自然"结合"，无助繁衍。怎么办？他们在中国科学院昆明植物研究所专家的指导下，大胆地抓住了那3年机会，采雄花向雌花进行人工授粉，然后等到10月种子成熟，一粒一粒去采摘。3年时间，他们采得种子约3500粒，找了合适的基地种下去，收获幼苗大约2400棵，1000棵移栽到冷墩山地，1400棵移栽到了麻玉田山地。他说，目前回归的树苗基本都已成活，长势良好。原本只有1291棵的红河苏铁，这样一来数量扩大了3倍，让李文清有一种当上"大地主"的感觉。他憧憬未来，"回归园"的红河苏铁长到一定高度，与上面的原生苏铁连片，形成一道独特壮丽的风景。

我问："10年能实现吗？"李文清说："也许不要10年，如果60岁退休，我还能亲自看着移栽的小苗长8年，争取在退休前干出点样子，好比喝茶再上一层滋味。"我笑："那我也争取做个老铁人，岁岁年年来找你赏苏铁。"说着话，屋外的阳光不知啥时已洒满地面，气温悄然上升了，浑身黏乎乎直冒汗。

下午，汽车驶入新修的高速，一个多小时就到了此行的终点站蒙自。我专程前往设在州府的大围山管护局机关的办公楼见了白玉文局长、邵亭龙副局长等领导。白玉文给我讲了本章开头的那个故事，邵亭龙则谦虚而又明确地向我表示："我就不说什么了，你已经采访了诸多一线护林员嘛，大围山的事情他们最清楚。"

　　我笑："是啊，大围山的滋味他们知道。"

第七章 乌蒙山湿地富含温情

乌蒙山东起滇、川、黔三省交界，沿云南东北部卧龙般出没，全长250余公里。在世人心目中，这座堪称云贵高原脊梁的大山一向磅礴、阳刚。殊不知，它也有柔情温暖的一面。

云南省会泽县，最高处海拔4017米的乌蒙山主峰大海梁子像是"靠山"，立在县城南侧的云雾里，而与之相连的一个又一个同样被当地人称为"梁子"的山峰，高处低处都是这个县上百万民众的家园。2023年冬天，当我如愿徜徉会泽，只见雾霭神秘了青山，绿树柔软了红土，到处是人与自然两相旺的生机。

我的目的地是两处高山湿地。

十分神奇，乌蒙山系的平均海拔为2500米，而与大海梁子遥相呼应的会泽大桥梁子和多发梁子各隐一块湿地，不仅水面海拔都约为2500米，而且同时被以黑颈鹤为主的多种候鸟选择为越冬地。

大桥的湿地叫念湖，思念的念；多发的湿地叫长海子，小小的水域被冠以"海"的大名。两块湿地，有人说像乌蒙山的一双眼睛，我从比例上衡量，觉得更像乌蒙山流出的两滴泪，它们构成了云南会泽县黑颈鹤国家级自然保护区。

这两滴"泪"都是热的，是被一方土地上的人民和保护者施加了温情的"热泪"。

一、相约岁岁年年

成都才子、明朝四川籍状元杨慎有诗云：

忽见行行雁，

来应自故乡。

天涯多少路，

云际几番霜。

1524年（明嘉靖三年），杨慎逆圣意而获罪，被贬往云南永昌（今保山）。他抵达滇东北崇山峻岭之中时，一路苦旅似已磨光才气和锐气，直到抬头"忽见"天空中飘逸灵动的"行行雁"，断肠落寞之苦才稍得缓解，得此五言。

诗中的"雁"不是一般的鸟，而是世间最有灵性的大鸟之一。其暖季以川、甘、藏交界的一些湿地如川西北的若尔盖湿地为产卵繁殖原乡；冬春则向东南迁徙，以滇、黔的一些山间湿地为第二家园。也因此，在西南三省许多地方，民间统称其为"雁鹅"，而会泽人则习惯再加个"老"字，有尊称的意思，喊"老雁鹅"。此鸟成年后身长可达120厘米，头部、颈部、羽毛皆黑，嘴长、颈长、腿长，着地时习惯迎风驻足，行走间翩然若君子，起飞时则善于逆风而拔、展翅冲天，排队列行，眨眼不见……老百姓视之为神鸟，学名黑颈鹤，中国一级重点保护野生动物，全球15种鹤中唯一繁殖、生长在高原地区的淡水物种。

黑颈鹤选择来会泽过冬已有多少年历史不可考，杨慎之诗算是可查最早的文字佐证，距今已有500年。往后，清朝在今天的会泽城设"东川府"，并在雍正、乾隆、光绪年间先后编撰的几部"东川府志"中均有"鹤"的记载，且"风物特产，鹤列于前"。再据《会泽县志：1986~2000》载，该县曾于1987年最早发布针对黑颈鹤、斑头雁、灰鹤等候鸟的《关于保护珍稀动物的通知》，并于1990年划定了以长海子、大桥水库（念湖）两处湿地为主的县级黑颈鹤自然保护区。

以上断续的脉络显示了黑颈鹤踪迹在会泽的持续，与当地一些老百姓的说法不谋而合。

2023年10月底，昆明尚暖，会泽各个梁子间的气温、风速却已传达出隆冬的寒意。之所以选择此时造访，是因为我之前就听说过，黑颈鹤每年造访总是

"来不过九月九，去不过三月三"——这已不是传说，而是会泽民间观察出来的规律，是长腿精灵与一方水土一方人最盛大的年度约会。

今年，农历九月九已过，念湖湿地的鹤还没见踪影，我只在长海子湿地看见三五只大鸟远远翩然500米之外。有护鹤员说，它们是探路的尖兵，我们不能太靠近。

没看到大量的鹤也不要紧，我找到了想找的护鹤人。

小巧的、占地仅12911公顷的会泽黑颈鹤国家级自然保护区的两块湿地涉及两个乡（镇）8个行政村58个自然村，是一个先有人、后有鹤、最后成为保护地的保护区。在走访中我看到，长海子片区的村庄离湿地相对较远，念湖湿地却几乎被村庄紧紧包围，村庄与鹤群觅食、夜息的领域融为一体，周边百姓世世代代以"老雁鹅"为"家人"，定格了这人鸟共生的祥瑞之地。

走进念湖周边的村庄，我看到地面干净整洁，大多数厕所都按保护区的要求作了化粪处理。我走访的第一位村民叫赵燕书，他已年满花甲，自称从小看"鹅"、年年见"鹅"，闭着眼睛都能"看见"它们长啥样子。他很有把握地跟我讲，今年的第一批"鹅"已经到了，几天前他就听到了声音，估计它们还躲在周围树林中观察，很快就会进湿地。说到人与鹤的情谊，赵燕书当即跟我讲了个"小钢炮"的故事，还为我约来了3位村民。

村民吕自德将回忆的触角伸到了50年代，说他已故的邻居老者，有一次扶着犁铧，甩着马鞭在地里春耕，对，是马鞭。会泽老百姓一般都用牛耕地，只有大桥这个地方用马。牛的力量比马大，而大桥的土壤相对疏松，用马就够了，这是此地特色。马鞭很长，挥舞在空中能发出啸声，并不是真要落到马身上，而是招呼马儿拉着犁铧往前走。走着走着，老人突然觉得身后的鞭绳一沉，几乎拉不动。回头一看，一只紧跟他觅食的"老雁鹅"被套住了长脖子，受伤倒地。他扔了犁铧，抱着它就往家里跑，喂水，取暖，精心伺候。大鸟活了下来，脖子上的勒痕却久久不愈。老人怕它出去难活，干脆剪短了它的羽毛防止它飞走，让它一日两餐，待遇与人无异。日子久了，"老雁鹅"晃晃悠悠不离院子，羽毛长好了也不再飞。秋冬时节，鹤群又来了，天空响起密集的叫声，家中的它也频频引颈呼应。有一天，它的叫声变得剧烈异常，仿佛遇上什么大事。老人将它抱到屋外说："去吧，找你的伴去吧。"大鸟甩头看了老人一眼，长鸣一声，似是不舍地告别。而后展翅而去，很快在天空与另一只鹤会合，显然是重逢了自己的伴侣……吕自德转述完这个故事又跟我说："其实我也遇到过一只受伤的鹤，30年前的事情了，老远就朝我惨叫，我走过去它也不逃。抱回家仔细看，它腿上破了一大块，我弄点纱布包扎了一下，放到门外，它马上就飞走了。"

村民赵书亮今年53岁，说的是自己少年时的经历。那年雪很大，大桥的山川和湿地多日雪白。是日，他家兄弟3人起个大早到水边玩，见到一只孤鹤，身上羽毛被冰凌封住，双脚也失陷在结冰的浅水里。弟兄一商量，决定将鹤弄回家"养着玩"，正要动手，身后传来呵斥声，原来是爷爷和爸爸赶到了。两位长辈说，孤鹤已被冻僵，强行挪动就会伤到它。他们让孩子回家抱了些柴火，隔着一定距离就地生火升温，让孤鹤身上的冰凌慢慢融化。赵书亮清晰地记得，那天生起火，爸爸便离开了，爷爷则一直监督着他们。他们看见孤鹤的脖颈慢慢开始晃动，接着是双脚，两只轮流收缩。最后，它的翅膀突然张开，飞走了，剩下他们呆呆地望着空旷的天空。爷爷又嘱托说："记好了，老雁鹅天生天养，只能帮它，不能害它。"

赵燕书所述"小钢炮"之事大概发生在20世纪80年代。说那一天，一位老人看见有个外地人躲在隐蔽处搭架子，不知要干什么。村里一传十，十传百，不一会儿就聚集了一群人，一起去找那个外地人的"麻烦"。他们看见地上架着一个黑色的铁架，放在架子上的机器伸出个黑乎乎的"长筒子"，被那个外地人捏着，不停地扭来扭去，像是在瞄准远处的几只大鸟……人群中于是有性急者大喝："什么人敢拿小钢炮打老雁鹅？赶紧住手，跟我们到乡政府自首。"吓得对方一惊，弄清楚村民来意才连忙解释："我不打鹤，我是来拍照的，这个不是炮筒，是长镜头……"

几位村民之中，孙国辉最小，才30出头，但他救鹤的故事却在湿地周围广泛流传。那是2020年冬天的一个傍晚，寒风飕飕，家家关门闭户，孙国辉开着车，欲送发高烧的孩子到卫生所打针，中途看见一辆外地牌照的汽车停在路边，车上的人正追赶一只黑颈鹤。他下车一看，那只鹤受伤严重，在逃跑过程中跌落在水沟里，毫无反抗之力。他上前阻止，对方却气势凌人："走开，你又不是保护局的人，管什么闲事？"孙国辉说："我不是管闲事，你要不去看看我家的菜地？几十亩呢，菜叶全被啄光，卖不成钱，我心疼也不管用，只当种来喂它们的。黑颈鹤来到这里，我也算有功劳，你说该不该管你？"陌生人开车离去后，孙国辉立刻将伤鹤抱上车，送到了大桥管理所。当工作人员要按保护区的规定奖励孙国辉200元现金时，他认真地说："举手之劳，钱不用给。有机会，你们拍电视的时候喊我一声，把我也顺带拍进去……"听到这里，我问孙国辉："你为什么想上电视？后来上了吗？"孙国辉不好意思地说："我见过保护丹顶鹤的人在电视上光荣得很，就想……可惜一直没上成。"我说："没事，我先把你写到文章里去。"

村民们讲的这些故事，我听得专注，也听出了端倪：首先，黑颈鹤与越冬地的老百姓交情颇深；其次，黑颈鹤的保护，没有人们的包容、垂爱和配合还真不行。

二、如此"鹤痴"

黑颈鹤素有"高原仙子""长脚精灵"的雅称。作为禽，高度、风度脱颖于鸡鸭等家禽之上，行走如绅士，起舞似柳絮；作为鸟，它体大身长，展翅是飞鸿，张口即天籁；作为与人类较为亲近的野生动物，它们在古人心中早已是"羽族之宗长，仙家之骐骥"，吉祥，贵气，频频崭露头角于传统文学作品里。

鹤之帅，鹤之魅，鹤之美，鹤在自然环境里、在日月光影中的风姿，吸引着无数观赏者、摄影爱好者和保护志愿者。

王高祥是我在大桥念湖湿地"抓到"的。2023年10月31日早晨7点刚过，阳光还不见踪迹，四周山上松林幽深如泼墨，晴日的薄雾轻轻抚摸着探水的柳枝，我贪心地早起、贪婪地呼吸、贪色地眨眼，便见一人形单影只，捧着相机徘徊在湿地边缘。我们互相打招呼，从不识到认识。我动员他："不是说鹤群还没入驻吗？反正你也拍不到什么，我们找地方说说话吧。"

1993年，大桥乡只有一条狭窄的土路通往会泽县城，距离不过50公里，坐班车却要小半天。20出头的王高祥中等师范毕业，只身来到念湖旁边的李家湾小学教书，在几位老师中，他是仅有的外地人，一个人住在还没通电的学校里。每天下午，其他师生散尽，漫长的空寂便开始了。学校下方的湿地，以及湿地里的柳树、不断变换折射方向的夕阳碎片便成了他打发时光的"戏园子"。

冬天很快来临，他生平第一次看见成群的候鸟在水边飞。平滑的水面一时灵动了，当地人司空见惯、视而不见的"老雁鹅"蓦然间在他内心掀起海浪般的波澜，催促他兴冲冲地从箱底翻出上学时买的那台廉价相机。第一批照片，他拿到县城相馆冲洗出来，效果不太令人满意，但黑颈鹤被定格的风姿怎么看都让人着迷。30年不变的"咔嚓"声就那样开始了，王高祥有限的工资从此被米、肉与器材、胶卷左右撕扯。

有一天，天空似无垠的筛子，源源不断洒落雪花。地面被封锁了，一个念头从心里冒出来：地面被白雪覆盖，黑颈鹤觅食困难，岂不是要饿肚子？又有一天，他充分做好了打架的心理准备，阻止了一个外省男人正准备扣动扳机的手，夺枪，下了枪里的弹药——那是一颗霰弹，一旦出膛就成炸弹，毙命的候鸟将是一群而非一只……类似事情多了，王高祥意识到自己不能只知拍照，而应该为湿地里的候鸟们做点什么。

一个小学老师最大的舞台就在讲台上。语文老师王高祥当即上了趟县城，到书店买书，到图书馆搜集黑颈鹤等各种鸟类的资料。在完成课本教学的基础上，他尝试将刚学到的鸟类知识讲给孩子们听，还在课余带孩子们到湿地观察，布置日记和作文让他们写。情况因此大变，眼中见惯的候鸟一旦上升到科学与知识的层面，学生们的兴趣立刻高涨。甚至不用老师说什么，孩子们回到家就会充当父母家人的"老师"，自动传播"老雁鹅"等候鸟的知识和保护意义。这时候，王高祥开始着手第二件事情。他盘点自己放在书桌里的所有现金，留下最低限度的伙食费，余钱都拿到集市上换成包谷，逢下雪天就搬出一袋分发给学生，带他们去湿地里给候鸟投食。

他的举动被效仿，一些孩子开始从家里拿了粮食来交给他。对此，王高祥头脑清醒。他知道当地物产单一，那些年包谷还是村里的主食，因此他严格要求学生，拿粮之前一定要做到两点，一是要征得大人同意，二是一个人最好不要超过半斤，以免影响家里的生活。王高祥一面控制学生带粮，一面又想各种办法收集更多的粮食。山高天寒，念湖周边的农地在冬季里大部分不种庄稼，却残留着不少秋收遗落的洋芋。王高祥征得相关村民同意，便利用周末带领学生去空地里刨洋芋，所得全部堆在他宿舍的床下面备用。王高祥的"发明"，让习惯了半饱半饿的野生候鸟，前所未有地在极端天气有了相对稳定的食物保障，而带给他的却是岁岁年年循环的责任。多年来，他没统计过自己买回来投出去的包谷有多少，也不知带着学生捡回来投出去的洋芋又有多少。

不知啥时，王高祥成了会泽县小有名气的"鹤痴"，博得了保护机构、学校、乡亲的赞许和支持。他采纳了一些"摄友"的建议，策划实施了一些活动，比如邀请专业人士到学校开展环保知识讲座、开展征文比赛、组建"鹤舞高原"兴趣小组等。2001年，王高祥在当地政府和有关部门支持下，邀请部分环保专家、高校的教授、黑颈鹤摄影爱好者、保护志愿者等，首次在大桥开办了一个"黑颈鹤保护研讨会"。那是一个花费极少、影响却扩展到外界的活动，再次花光王高祥的积蓄，却赚了会泽黑颈鹤的名声。2002年，他又突发奇想，从周围人手里搜集了几十张废旧X光片，以之为底板布置自己的照片，在学校的围墙内侧举办了一次无限期的黑颈鹤公益图片展，学生称奇，还引来保护区周围的村民和外来人员围观。

2003年，王高祥不顾家里刚盖的房子还有欠账，又找信用社贷了一笔钱，将自家二楼的大半面积拿出来开办"鹤舞高原爱鸟护鹤宣传馆"，展出黑颈鹤和其他鸟类照片100多张，配以文字，还选购了相当数量的图书一齐陈列。免费的展馆一开，感兴趣的人不断进入，他的小家因此成为大桥镇最热闹的场馆。王高祥只要在家，就得义务陪看、当讲解员，一拨人参观他要讲，一个人进入他也认真讲。感动的不止参观者，连乡政府的领导也为之动容，专门挤出经费，给他配了一台储存、展示照片和其他资料的电脑。那年，王高祥获得"福特汽车环保奖"年度提名，类似的荣誉还有"曲靖市新闻人物""曲靖市杰出青年""云南教育风云人物"等。

一些年来，王高祥的照片广泛被媒体采用，当地各级政府、社会各界但凡需要黑颈鹤的照片，也总会想到找他要。2006年，会泽黑颈鹤保护地申报国家级自然保护区获得成功，他提供的照片在申报材料中起了重要的作用。当年冬天，为了庆祝保护区晋级国字号，大桥乡举行了一次简单的"迎鹤节"，王高祥的多张黑颈鹤照片被扩印成尺寸超过两米的巨幅，让所有来宾都感受到冲击和震撼。他告诉我，30年来他积攒了几百卷胶卷，无处可放，就买了一个餐馆烧水用的不锈钢桶来装，电子照片则存满了12个大容量的移动硬盘。

关于这些珍贵而"不值钱"的宝贝，有些事情他永远记得。他记得黑白、彩色胶卷历年的价格变动和一卷黑白片与一卷彩色片的性价比波动；他记得自己学生时代的旧相机用了多少年、何时才拥有了第一台数码机、第一个长镜头，记得那个结实的三脚架的制作过程——当时买不起现成的，他就弄几根钢管，在纸上设计好图样，拿去找人切割焊接，做出来足足有10多公斤，每次使用都累得咧嘴。他还记得使用胶卷的年代，为了节约，他的快门总是不敢轻易按下去，但例外也是有的。2005年2月的一天，他摸黑起床，背着全部器材，拖着自制的三脚架，赶到黑颈鹤夜息地附近埋伏。天渐明，雪后纯洁干净的背景、次第醒来的鹤群突兀地振动着天地间的灵动线条，让他不知不觉高度兴奋，从天明到中午，几卷反转、十多个彩卷被他拍得一张都不剩，当时过足了瘾，简直是狂拍，拍完却立刻责怪自己：就不能悠着点吗？如此的奢侈多来几次你岂不是要喝西北风了？

王高祥告诉我，因为黑颈鹤，他认识了许多爱鹤拍鹤的老师，都是令他敬佩的人，杨华就是其中的一个。据王高祥介绍，杨华也是会泽人，老家离念湖20多公里。1988年，杨华从部队复员回乡，除了务农还到处打工，开车、搬砖、摆弄蜂窝煤，什么都干过，几年后小有积蓄，他便在家乡开了个照相馆。2005年冬天，杨华专程到大桥观赏、拍摄黑颈鹤，没想到见鹤难舍，干脆回去收拾家当，拖家带口到大桥集镇租房定居，先开照相馆，接着开农家乐，目的都是为了近距离与黑颈鹤厮守。他的农家乐先名"荣华农家乐"，取发财的意思；没多久却被他改成了"大桥黑颈鹤摄影休闲园"。生意中，遇上远道来看鹤、拍鹤的客人他就免费当向导，借机向他们学习摄影技巧、环保知识、了解外面世界的环保态势。无疑，杨华是个生意能手。但王高祥却认为杨华赚到的钱大都花到了黑颈鹤身上。

杨华拍摄黑颈鹤仿佛不会厌倦。有一年他遭遇意外，腿骨严重受伤，可鹤群一来他就忍不住，女儿只好天天扶着他去水边拍摄。他曾于2006年、2011年、2012年数次在自己的农家乐举办黑颈鹤摄影展，参观者不乏国内外远道而来的黑颈鹤粉丝、环保专业人士。十多年来，他个人曾先后救护黑颈鹤等各种因互殴、碰撞受伤的候鸟数十只，还在保护区禁止私人投食前多次自购粮食投喂。2011年，杨华筹划、发起成立了纯民间的"会泽县黑颈鹤志愿者协会"，广泛吸收当地干部、群众、学校师生乃至外地的大学教授、作家、摄影爱好者加入黑颈鹤保护行动，会员一度多达200多人。

王高祥跟我提到的黑颈鹤"铁粉"还很多，有来自云南昭通的，有来自东北的，还有来自香港、台湾的。他们当中，有的人年年来，一来就是多年；有的人年过八旬还岁岁不远千里赴约；有的人走遍世界，拍尽地球上所有类型的鹤，声称最美丽、最钟爱的还是黑颈鹤。王高祥很看重这些朋友，认为这些外边来的老师路子广、办法多，他们的宣传所起的作用比自己大。

王高祥有看鹤写日记的习惯，多年坚持，几乎不间断，大大小小的日记本积存了一大堆，若换成古代的竹简则不知已"等身"几次。我征得他的同意略微浏览，便知那些文字既是"鹤迹"也是他的心迹，索性摘抄两段于此，充当这节文字的结尾：

某年3月4日，雪

水鞋在前日就被弄湿了，今早只好穿一双胶鞋。在黑颈鹤夜宿地附近待了3个小时，胶鞋还是隔不住雪，还未到目的地就湿透了，只好不住地原地跺脚，让脚有稍稍的暖意，但又不能让上身有太大的摆动，怕惊了它们。3个小时后，双脚还是麻木了。我还是像往年下雪一样，一边拍照片，一边注意鹤的觅食情况，今年好一点，雪前的耕地中基本种了洋芋，能让黑颈鹤多少找到一点食物……

某年11月1日，农历十月初四

天气阴冷，让人难过的是，黑颈鹤还没有来到，而去年同期也没有来到。从农历看，确实很迟了。难道黑颈鹤也要改按新历到大桥乡报到吗？

三、夫唱妇随

据说，黑颈鹤极不挑食，包谷、洋芋、苦荞、燕麦、菜叶……湿地及周边有什么它们就吃什么，最爱吃的是洋芋。

想起2021年4月间，我在新华社客户端浏览到一条新闻：《奇怪，这里的洋芋只种不收》。标题新颖，引人点击："在曲靖会泽，有一帮人，每年种洋芋，却从来不收……4月15日一大早，在会泽黑颈鹤国家级自然保护区长海子片区，我们看到的是一幅农村常见的农忙景象，他们是保护区的工作人员和周边老百姓。几十年来人退物进，老百姓无偿让出周边土地，每年还抢抓节令，种植洋芋，建设黑颈鹤食物源基地。每年种下的洋芋采取只种不收的方式，为的是让到这里越冬的黑颈鹤从土里找到食物……"

疫情期间，那条新闻让人暖意上涌，浏览量很高。我拿起手机，打电话给我的同窗、时任会泽县政协主席王高甫："会泽人迈向小康还兼顾了候鸟，这种境界真让人高兴。但为鹤种粮不会反过来使它们的生存技能退化吗？"王高甫告诉我，每年在保护区湿地内外种洋芋是会泽黑颈鹤管护局连年坚持的一项重要举措，收效很好。"你担心的问题是不存在的。洋芋种下去不收，全都原样埋在土里，冬天鹤群来到，要一个一个去寻找、刨食，也相当于野外觅食，并不轻松，正好维持它们的野性。"

王高甫是会泽生会泽长、在会泽工作至今的"本地通"，说起黑颈鹤与会泽人，他的感触特别深，观点也很独到。他说，念湖和长海子两块湿地都属高寒山区，物产相对单调，冬天特别冷，黑颈鹤每年都到这里越冬，说明它们跟世代生活在这里的人一样吃苦耐劳；而洋芋耐旱易种，也可以说是农作物中最吃苦耐劳者，也是本地人喜欢种、喜欢吃、天天吃、吃不厌的食物，在三者之间，这也许就是共性、缘分，值得玩味、做文章。

王高甫的"引诱"，犹如埋在我心中的洋芋种子，此行便是终于发出的

"绿芽"。我还记得，在新华社那条新闻的照片中，种洋芋的队伍里，有一男一女特别显眼，他们的着装与周围的老百姓不同，蓝色制服，背上喷涂白色的"护鹤员"字样。到会泽后我证实了当初的猜测：他们是一对夫妻护鹤员。

2023年11月1日，汽车自会泽县城绕行40余公里，到达者海镇政府所在地，又掉头爬山10余公里才到达多发梁子。冷风在艳丽的阳光下明目张胆地吹着，连绵的红土地上，碧蓝的长海子湿地躲在山脊低洼处，被长势旺盛的华山松包围。下了车，我立刻觉得像掉进冷库里，会泽黑颈鹤保护区长海子管理所的护鹤员赵青宇已穿着厚厚的羽绒服在等着我。

站在黑颈鹤管理所小楼前面，水面反光，湿地周围大片的坡地像覆盖着纱衣，便是只种不收的洋芋地了。季节已到，洋芋苗全部枯萎，似在静候黑颈鹤取食。赵青宇告诉我，这些年黑颈鹤一年比一年来得多，去年整个保护区已达1300多只，其中长海子片区600多只，还有灰鹤、赤麻鸭等大小鸟类共存，所以按管护局领导的要求，每年种下去的洋芋面积也越来越大，去年两个片区共有300余亩，另外还在洋芋地里套种燕麦、苦荞、萝卜等，丰富候鸟的食物源。我问："黑颈鹤刨洋芋费不费劲？"他说："对它们来说太简单了，看准枯苗，长嘴入土试探几下，一个大洋芋就叼在嘴上了。而且，这些家伙聪明极了，即使是洋芋苗不明显的地方，它们也能循着相应的路线、估摸大致的距离去下口，一啄一个准。"赵青宇年年带头种洋芋而不得取食，说起这事来却满脸笑容，像是洋芋全都省给了自己的孩子吃。

当然，作为护鹤员，种洋芋只是他一年四季的工作之一。

1983年出生的赵青宇，人生过去的四分之一时间全部献给了"老雁鹅"。身为长海子旁边多发村的村民，他2013年接受管护局邀请担任护鹤员时正值年轻力壮。村里一些人都私下笑他"不务正业"——当时干一个月才挣200元，只是别人外出打工一天的工资……别人的非议，赵青宇置若罔闻。他喜欢鹤，觉得它们是"神鸟"。说起来，还在他10多岁的时候，因为家庭困难，他小学四年级就辍学了。年龄小，不谙世事，不知如何担起自己的人生。心里难过，冬天里有空就会跑到湿地上面的山岗，呆呆地看鹤。有一次，一个本村的大叔路过，坐下来跟他说话："娃娃，老雁鹅是神鸟，你千万不要手痒，去打它们。"老人说他年轻的时候亲眼看见对面村有个青年人路过海子边，一只老雁鹅突然落下来，挺直脖子挡路。青年人愣了一下，解下皮带，三下两下就抽死了它，没过两天自己也死在家中……在老人想来，那是老雁鹅闻到他身上有邪气，好心想来提醒他，反而被他打死了，他那是遭了报应。

　　起初，长海子片区只有赵青宇一人驻守。鹤群来的季节总是冷，村里人都窝在家不愿出门，他却每天不亮就要起床。早晨，他要赶到鹤群的夜息地附近，等它们起飞时一只只计数；白天，他得尾随、保护着它们，一刻不敢离开；到了黄昏时，他又得回到夜息地恭候下落的鹤群，再次计数上报。工序天天一样，比当保姆还忙。没多久，一个从前只是远观鹤群的人便成了熟悉鹤性的"大管事"。赵青宇干着来劲，他的妻子却不喜欢。那时家中的老三刚刚出世，他早出晚归，有时还得半夜起床去查看湿地动静，对孩子来说就是个几乎不存在的父亲，对妻子来说就是个不管家事还让人担惊受怕的丈夫，争吵成为家常便饭。倔强的赵青宇，每次争执总是处在下风，独有的对抗方式就是走出家门，大步流星往湿地里去。

　　长海子湿地隶属会泽县者海镇，山下10来公里便是县内人口密度最大的者海坝子。那时，一年四季，镇上的不少人闲暇时就会开车到长海子这个免费景点游玩，再加上不时有一些借助导航慕名而来的外地游客，人一多，钓鱼、自助烧烤、放飞无人机、在树林中拴吊床等，干什么的都有，都与保护要求有冲突。赵青宇在家跟妻子争执时总是退让，在工作岗位上与人争执却处处针尖对麦芒，决不让步。

　　2013年的一天，他刚上班便觉得水边有几处不对劲，一路搜过去，不一会儿就从水中扯出几张大鱼网，看阵势是头天夜里布进去的，而且来的是一帮人。保护区严禁捕鱼，他收拾了渔网，藏到了妥善处，自己做了块禁止捕捞的牌子，插在原地，算是交代和警告。之后，他也不敢将此事告诉家人，一个人惴惴不安等待对方来寻事。然而，也许是对方做贼心虚，竟然没有找他麻烦。2014年，他与一个老头的"较量"长达数月。老头一个人到长海子钓鱼，使用的是高档钓具。赵青宇第一次发现，要收缴钓竿，老头不干，说不钓了，收拾东西便走了。二十多天之后，赵青宇又在湿地隐蔽处发现了他。这次老头的态度变得强硬，说自己是退休工人，懂法，钓鱼只是为了锻炼身体，一天钓不了几条，影响不到水库的生态。赵青宇劝说无用，拿了他的鱼饵，老头只好离开。第三次相遇，老头嬉皮笑脸，赖着不走。赵青宇不再客气，直接折断鱼竿，还拿走了坐地用的马扎。这下老头失控了，一块脸涨出了猪肝色，口吐脏话，揪着赵青宇动手动脚，你退一步他就进一步，一直追到管理所，撒泼纠缠了整整一下午，直到被森林公安强行带走。

2016年春节，几个外地人驾驶一辆越野车，专门到长海子飞无人机。春节的湿地本来就来了不少人，鹤群远远地躲到了湿地一角，还是被他们的无人机吓得不知所措地盘旋空中。正在到处捡垃圾的赵青宇怒了，上去就抢遥控器。争执中，无人机失控后失踪，一伙人揪着他索赔，趁机打了他几下。有本地熟人上前帮忙，对方才骂骂咧咧驾车离去。2017年冬天，几个外地人开着导航寻到长海子看鹤，闯入黑颈鹤的主要觅食地附近还不肯止步，赵青宇上前阻拦，一个70多岁的老人倚老卖老，扬起一米长的旱烟锅就打。赵青宇躲到一边，理直气壮地坚持要对方走人。还是对方的女儿自知理亏，劝离了家人。

不愉快的事情年年有，却没有哪件事如他的家庭矛盾那般持久而不可调和。2018年深秋，正是鹤群和候鸟陆续入驻的忙碌时刻，妻子付庭进悄悄撇下赵青宇和家中的3个孩子负气出走，人到了省城昆明才给他打了个电话："你就知道老雁鹅，我要出去打工了，几个娃娃你看着办。"赵青宇心里一阵狂跳：完了，媳妇肯定是一去不回头了。他心里发毛，嘴上还是不服软。只苦了3个孩子，最小的才4岁多，妈妈突然不见了，爸爸每天早出晚归看护老雁鹅，孩子没人管，衣不暖食不饱，白天像流浪娃游荡村间，天黑便蜷缩在家中屋角，由最大的孩子领头，三个人一遍又一遍地哼唱《西海情歌》……说到这里，赵青宇哽咽了，转头才发现他的妻子已经坐到我们旁边。

已经成为护鹤员的付庭进似乎早就知道我要问什么，上来就是"竹筒倒豆子"："其实，我当初不是恨他当护鹤员，更不是嫌他钱少，主要是担心他出危险啊。"妻子有妻子的道理。长海子很冷，一到冬天夜里就会下霜结冰，下雪天更是。她的丈夫用心护鹤，经常睡到半夜，听见点响动就会悄悄爬起来，打着手电筒出门，还轻手轻脚想不让家人知道。有几次她想多了，误以为丈夫花心，摸黑去找别的女人去了。她悄悄尾随，每次都见他孤孤单单，一个人往海子那边去了，误解没有了，又担心丈夫出意外……据付庭进回忆，有一年春节刚过，地面盖着白雪，夜里突然听见鹤叫，丈夫急急忙忙起床而去，在外面摔了一跤，回来也不说。直到一个礼拜后才喊胸口疼、咳嗽不停，上医院检查才发现肋骨断了一根……做妻子的委屈地说："幸好只是摔了肋骨，要是人摔没了，我和孩子咋活？"

付庭进离家出走有两个目的，一个是家里为盖新房欠下别人10多万元，想挣钱来还账，再有就是想逼丈夫放弃护鹤，回家照顾孩子。一个女人要下如此大的狠心，是要承受数倍心理压力的。付庭进经省城转道去陆良县打工，白天干体力活不是问题，晚上闲下来便惶惶不安，担心丈夫，想念孩子。每次忍不住便拨通丈夫的电话，两人互不理睬，她只跟孩子讲话。每个孩子说的话就像录音，总是那一句。大的说："妈妈，你给是不要我们了？"小的说："妈妈，你快回来，我冷。"大约离家一个月，村里一个好心的女人接连给她打了几个电话："小付啊，你赶紧回家吧，你那几个娃娃太可怜了。"说话间，女人还拍了孩子们的照片发给她，付庭进看见孩子们蓬头垢面，衣服脏兮兮，坐在村口的石头上就像几个流浪娃，便忍不住蒙着被子大哭。好不容易熬到春节，她贪图除夕那天老板给的3倍工资，打工到晚上，才找了夜车往家里赶……

付庭进说到这里，旁边好一会儿没说话的赵青宇笑着抢话："年初一天不亮突然接她电话，叫我到镇上去接，我就像做梦没醒，不敢怪她半句，人家出去两个多月就背着上万块回来……那时保护区已升格为正处级，我虽加了工资，一个月也才一千多点……"

赵青宇的家庭情况，被刚上任不久的会泽黑颈鹤管护局肖良开局长看在眼里，几次到长海子做工作，把付庭进招进了护鹤员队伍里。我因此问付庭进："怎么就想通了，原来不让丈夫干，一下子却连自己也加入了？"付庭进笑："他并不像表面那么老实，也有'狡猾'的一面，把我也套进去了。"

原来那年，妻子春节回家后，赵青宇为防止她再次离家而动了脑筋。他反复拉着她和孩子到湿地里"玩"，看他数了几天鹤。一家人，先是孩子开心，看鹤上瘾，每天吵着要去。孩子喜欢，当妈的只好跟随。鹤群近在家门口，付庭进以前不关心，但一接触那些美丽的候鸟，女性的爱怜之心油然而生，她悄悄看着为准确数鹤而手持望远镜、长时间跪在湿地里的丈夫，看着一个个被鸟儿迷得眼睛都不眨的孩子，再次出去打工的念头悄悄消失。

如今，付庭进已经是拥有5年护鹤经历的人。几年来，保护区的人员逐渐增加，夫妻俩有了共同的工作和更多的同事，吵架的事情再也不会发生。除了日常管护，他们还负责设在长海子的候鸟救护站的工作，但凡有受伤的动物送来，他们就要负责照料。几年前，念湖片区有只受伤的鹤送来，伤势较重。两口子就如同医生遇上重病号，在它身上花了大量精力。眼见它伤口一天比一天好转，进食却一直不积极，每天总是随便吃两口就蹲到墙角去。吃那么少，身体怎么恢复得好呢？伤鹤的状况让夫妻俩心急火燎，白天守着它，晚上回到家里还是忍不住要议论它。有一天晚上，付庭进发现自家的大孩子偷拿了丈夫的手机，躲在被窝里播放着旋律忧伤的音乐。她责怪孩子不按时睡觉，孩子却理直气壮地告诉妈妈，期中考试没考好，睡不着，听听音乐心情就会好点。

孩子的话让付庭进若有所思：伤鹤受伤，离开了它熟悉的念湖和同伴来到长海子，会不会也"心情不好"，所以像人一样"吃不下去"？第二天一早，她走进救护棚就拿出手机放响一段自己最喜欢的音乐。奇了，那只鹤立刻侧耳来听，听到高兴处竟随着音乐节奏提腿、扇翅膀，并主动走向付庭进。妻子的意外发现让赵青宇大喜，后来每次喂食，两口子就如法炮制，认真实施"音乐疗法"。固执的伤鹤完全变成了"听话的孩子"，乖乖进食，顺从地接受照料，身体很快就强壮起来。赵青宇如实报告，保护区立刻派人评估，认为伤鹤已具备放归念湖野外的条件。别离到来那天，赵青宇夫妇天不亮就起床去喂食。当运送车辆到达，做丈夫的在黑颈鹤入笼、装车的过程中没说一句话，做妻子的则远远跑到树林里坐着，一个人偷偷抹泪……

午后的阳光异常艳丽，蓝色的天空干净得不能再干净。赵青宇带着我沿湿地外围小走，我看见几只先到的大鸟起落在水的那边，像刚从天空落下的碎云。赵青宇说："快了，要不了多久，那里，那里，就都会站满黑颈鹤，整不好今年要超过700只。"我认真看了他一眼，突然觉得，他虽不容易，但挺值。

四、"鹤官"洒泪

黑颈鹤是珍稀野生动物，曾先后被列入《中国濒危动物红皮书》和"国际鸟类红皮书"，甚至在1988年，世界野生动物基金会还曾预言，此物种10年内将在它们的主要栖息地——也就是中国——消失……如今，35年过去，所谓"预言"变成了"妄言"。据记载，进入会泽越冬的黑颈鹤1986年为28只，2006年为776只，2019年为1024只，2023年1月6日峰值统计数为1360只……数字就是硬件，会泽不负灵鸟。在过去的几十年里，1990年及时划定的县级保护区，1994年升格为省级，2006年晋级国家级自然保护区；保护区管护局初设为科级，2019年升格为正处级，一路主导着黑颈鹤及相关湿地的生态保护和发展。

肖良开是会泽黑颈鹤国家级自然保护区管护局的首任正处级局长，是专门服务候鸟的级别最高的"鹤官"。采访肖局长，他首先就跟我坦言从事保护工作压力大。我点头，建议他从印象深刻的细节上聊起。他说："我在大桥念湖边流过泪。"

2022年某个法定假日，为了让其他同志正常休息，肖良开没给自己放假。那天，他开着私家车到念湖湿地，慢慢步行巡查，顺便也搜捡塑料袋、废纸之类，老远就看见有摩托车停在湿地中间的通道上，走过去就发现两个骑车的外地人正在违规飞无人机。阻止、劝离是职责使然，可对方两个人却爱理不理，丝毫没有收手的意思。肖良开多说了几句，他们甚至回以粗口，咄咄逼人。讲道理无效，只身一人的肖良开一时无计可施，显得很尴尬。就在那时，一位本地小伙子带着女朋友路过，听完了争执的前因后果便主动上前，站在了肖良开一边，毫不客气地问对方是"要走人还是要动手"，这才赶走了两个外地人，解了他这个局长的困局。事后，肖良开静静地走在自己的责任地里，想到很多还未能做的事情，想到那些长期存在却一时无法解决的矛盾，上任管护局局长以来的种种委屈排山倒海涌上心头，天命之年的汉子，双目竟不知不觉潮湿了……

先后当过副县长、县人大常委会副主任的肖良开深知，保护区级别提升的本质是工作要求上档而不是简单的架构变大。因此，2019年2月，他走马上任时就悄悄给自己确立了"主动、创新、高标准"的方向。经过调研思考，他率先提出了本保护区"云南一流、中国示范区、国际示范样板"的建设目标，而且出台了可行的实施方案。于是，能力建设解决了以前管护人手紧缺的尴尬，让保护区拥有了一支"心随鹤飞"的纪律严、素质高的管护队伍；硬件建设完善了站所、哨卡、围栏、区域监控、疫病监测、巡护手段、科研等方面的硬件配置；环境再造促成了人鹤共生的保护地水质、卫生、日常维护的根本改观；社区共建、科普宣传实现了保护区原住民由被监督者转变为管护工作的参与者等。肖良开踌躇满志，几年来保护区的面貌也发生了根本性变化，念湖湿地申报"国际重要湿地"成功，加入了中国人与生物圈保护网络平台，不仅主要保护对象黑颈鹤逐年增加，其他候鸟的种类、数量也在逐年增加，共出现了各种鸟类197种约4万只，其中国家一级保护动物7种、二级保护动物19种，部分候鸟恋于环境就地定居繁殖，由候鸟变留鸟，由"客人"变成了"主人"。

然而，鸟多了，名声更大，自发前往观赏的游客大量增加，鸟类与人类争食的问题变得越发突出。会泽黑颈鹤保护区先住人后来鹤，范围内涉及两个乡6340多户21348人的原住民，人多鸟多，可以说是我今年以来走访过的面积最小而人口密度最大、情况最特殊的保护区。人鹤共居，二者都要生存，要发展，如何在环境保护要求极高、体制机制与所需资金尚不完善配套的情况下找到平衡点、契合点，实现自然保护与乡村振兴的共赢？这正是肖良开的情结、压力所在。没错，一个环境保护工作者，深爱自己的保护对象，也必须心系世世代代居住在此的社区百姓。

回到肖良开讲的那个小故事，他说他感于社区人民对他们工作的无条件支持，感于工作中的一些难点和困惑，感于前景美好而眼下困难重重的漫漫长路，所以触动泪点。让我深深感到，他是个既理性又感性、既考虑宏观又兼顾细节的人。在这一点上，念湖湿地的护鹤员张传金体会最深。他作为管理所卫生保洁组的组长，每天除了要完成常规巡查，还要统筹保护区环境卫生的打扫和保持。他们的保洁范围光湿地周围的道路就差不多有6公里，还有多片空地。

他将30多个组员分成4个小组，分段定人，每天早晨、中午、下午各打扫一次，另外安排人巡逻，随时处理新增的落叶、弃物……保护区不是学校，卫生管理却跟学校一样严格，肖良开上任后的这道命令等于让保护区像个人一样穿上了天天换洗的干净衣服。而说到耐心细致，长海子的女护鹤员付庭进记忆犹新。肖良开为了解决他家的矛盾，好几次专程到家里走访，动员她也参加护鹤，兼做长海子管理所的炊事员。起初她坚决不干，推脱说自己没文化、不懂鹤，做菜也不好吃。肖良开多去几次，彼此熟了，就提出要在她家吃饭。付庭进以家常菜招待，局长端着碗不停地说"好吃"，说得她不好意思再说"不"字，成了保护区的一员。

一局之长的风格，常常影响一个集体的风格。接触下来，我发现会泽黑颈鹤管护局副局长周朝祥也是一个心思缜密的人。

2021年底，周朝祥被任命为管护局副局长，本来在县城按部就班生活的人，办公地突然就"飞"到了几十公里外的乡下。他上任时正是候鸟最多的季节，为了熟悉情况，他每天要比过去早起两个小时，黎明出发，为的是赶在鹤群起飞前进入它们的夜息地。观察鹤群，从"不会看"到"看出名堂"，他只用了几个月时间。2022年6月的一天，他在密集的草丛里发现一窝鸟蛋，刚好10个，整齐地镶嵌在精致的鸟窝里。要知道，来念湖栖息的一般都是候鸟，不轻易就地繁殖，意外的发现让他惊喜。第三天再去，他发现母鸟正在孵蛋，立刻拍下珍贵的照片，发给中国科学院昆明动物研究所的一位专家鉴别，得知那种鸟叫斑嘴鸭。专家希望他继续观察，他就天天去鸟窝附近查看。终于有一天，鸟蛋不见了，他像蜜蜂寻找花蕊一样巡游那片区域，如愿找到10只出壳的小鸟，目睹母鸟将它们带入水草密集处藏身，又外出觅食给它们吃。他拍的照片，因此而鲜活温馨，令人动容。类似的情形还有，他观察到本来习惯在地上筑巢的苍鹭，有一对将鸟巢移到了树上，还拍到了它们交配的照片，证明鸟类也会调整自己的生活习惯；他有段时间总是光脚涉过冰冷的浅水，盯牢一对骨顶鸡，观察拍摄到了它们生蛋、孵蛋、幼鸟出壳的全过程。他的这些发现和拍摄，为得出整个保护区"部分候鸟变留鸟"的结论提供了有力依据。

周朝祥到保护区任职前曾担任会泽县委宣传部副部长、县融媒体中心主任，做新闻一度被他认定为终身职业，因为那份工作更容易发挥他热爱、熟悉会泽历史文化的兴趣和特长。这个副局长是组织安排，虽是提拔，却让他一度失落，觉得自己是丢了长项就短项。一段时间后，当他的身心融入工作，新闻人的工作经验不知不觉也起了作用。要说明的是，我在前文提过的那条点击量很高的新闻《奇怪，这里的洋芋只种不收》便出自他的策划。如果说那只是他到保护区任职前的旁敲侧击，那么他到任后在宣传上便是如鱼得水。一年多以来，他多次利用以前的工作资源和经验，协调中央电视台、《人民日报》、新华网等重量级媒体，直接参与写稿、拍摄，对会泽黑颈鹤进行了广泛宣传。2022年，念湖申报"世界重要湿地"，他协调并带领县融媒体中心的相关人员拍摄制作视频，自己则查阅资料、反复观察思考，动手创作解说词。10月，出色的申报专题片上报北京，在疫情期间，以事实说话，保证了申报在2023年年初被顺利批准。

作为管护局领导班子的一名成员，周朝祥也承担着与肖良开局长同样的压力："我们这个保护区，黑颈鹤与人可谓亲密无间，人鹤有同乐的和谐，也有争食的矛盾，管理上如何做到科学、合理，恰如其分，这是个很大很难的课题。"作为一个保护者，周朝祥的烦恼还很多。他说他有一次看见两对骨顶鸡打架，别的不相干的鸟类竟然也加入进去，不一会儿就演变成了一场头破血流的"战争"，看上去心疼，却无法阻止。他因此思考，互相伤害对人类、对动物都是坏事，人类天天呼吁世界和平，干自然保护的人也应该从习性、食物源等方面去研究如何让动物们尽量维持和平。

周朝祥特别熟悉会泽的历史文化。他与我聊到东川府、会泽斑铜、会泽出生的唐继尧，聊到会泽的铜矿与大清的国运，聊到会泽毛家村水库及以礼河电站对新中国电力的贡献，聊到会泽过去的贫困与今天的巨变……说回保护区的工作，他自信在会泽这样一个文化底蕴特别深厚的地方，会泽人与黑颈鹤的深厚感情总有一天也会成为地方史中浓墨重彩的一笔。也缘于此，当初因工作转换产生的失落感在他心中已荡然无存，现在他反而觉得从事自然保护跟帮助弱势人群的慈善事业一样高尚，值得付出一生。他这样的状态让我想起海子的诗句："面对大河我无限惭愧/我年华虚度，空有一身疲倦……"仔细想想，人生在世，转来转去无非两种对象，要么面对人，要么面对自然，身心何去何从、孰重孰轻？甘于自然保护之寂寞清苦的人，起码不会有太多的"惭愧""虚度"和"空有的疲倦"吧？

在会泽，采访间隙我还抽空去了趟乌蒙山主峰大海梁子。这座起伏如龙背的高山两面都很出名：北侧是"亚洲第一土坝"蓄积的毛家村水库，南侧即著名的小江泥石流多发地。至于山的顶部，限于海拔高、干旱严重等因素，曾经是真正意义上的不毛之地。从20世纪80年代末开始，会泽各级政府及大海乡人民坚持年年种草、不断维护，才有了今天，在3500米以上的海拔，10多万亩连片山梁的大海草山，罩定乱石，稳固水土，貌似云南的"青藏高原"。我漫步草甸，犹如行走在地毯上，亦如念湖、长海子湿地的黑颈鹤，享受着勤劳的会泽人赋予乌蒙极地的温情。

尾声　我的青山我来守

一

又是夜晚，2023年仅剩的几个夜晚中的一个。

为什么我写作的节点总是在夜晚？也许是觉得夜黑人静时便于倾听自己的心跳，也听得见此刻还活跃于脑海之人的心跳吧？

夏天迈开的双足，刹那便走到了冷飕飕的冬日。我发现就像金庸先生以一句"飞雪连天射白鹿，笑书神侠倚碧鸳"汇总自己的书名那样，我今年到过的7座山也可连成一句顺口溜：苍山白马高黎贡，哀牢无量围乌蒙……

数了一下，我采访过120多位守山人，或多或少、有名有姓写到的约80位，似乎已经不少。

但同时，手里还有一组相对完整的数字：苍山洱海管护局在职职工和聘用制人员人数分别为230人、95人，白马雪山管护局分别为120人、131人，高黎贡山保山管护局分别为121人、260人，哀牢山生态站分别为6人、15人，景东两山管护局分别为45人、99人，大围山管护局分别为74人、125人，会泽黑颈鹤管护局分别为30人、78人。以上汇总，我采访过的7个单位现有人数超过1400人。

两数相比，显示我虽努力，却已难免挂一漏"千"之惶恐。

更何况，较之全云南乃至全国范围，我知道1400这个数字只是冰川之一粒。

这些天，我的思绪不止一次，反复堕入童年的一些场景。

有个瘦小而身手敏捷的孩子，特别喜欢雨天。他喜欢借雨声和风声的掩护，悄悄携一把利斧，独自潜入邻村的树林去偷松树为柴。等到了冬天，大雪覆盖山川之时，孩子又会邀约几个同伴进山，嘶声吆喝着，将窝中野兔吓出来，集体分工，从上往下围堵，逼迫他们在陡坡下行，翻跟头至晕头转向，趁机捉之。

那孩子便是20世纪70年代末，10岁左右的我。生长于深山，被冷和饿驱使，出于"暖"和"吃"的欲望而偷树抓兔。回忆这些并非想借此揭露、批判那时无知的我，而是想重复一个常识：人与自然的矛盾，自从有了人这个物种就一直存在；而对自然的保护，自从有了私欲，这个东西便是必要。

公元前五帝时代，舜帝曾设9官，其一为"虞官"，主要职责便是统筹保护山林，因此有学者称之为中国最早的林业或环保"部长"。又据《逸周年》载，夏禹时代曾有"禁三月林不登斧，以成草木之长"之令，应是最早的官方环保措施。而唐贞元年间，长安城到东都洛阳一路驿道，两边疏疏密密站着隋朝栽下的几万棵大槐树。有陕西渭南县的县尉张造，鉴于朝廷欲砍伐古槐树造车而上书曰："若欲造车，岂无良木？恭惟此树，其来久远……思人爱树，《诗》有薄言。运斧操斤，情所未忍……"张造的上书最终保全了古槐树，且所言"思人爱树"已颇具今天的思想境界了，堪称中国最早的环保斗士。

历史上只见零碎点滴，有章法成体系的自然保护当然是中华人民共和国成立后才有的事。从20世纪50年代出现以林场职工为主体的"护林员"一词开始，我国投身环保的人数不断增加，特别是随后不断建立的自然保护区更是离不开人力。到了今天，长期出没山林的保护者已远不止过去的护林员，而已扩展为我在本书开头所说的由护林员、基层保护机构的干部职工、动植物科研工作者、投身保护的山区原住民、环保志愿者、摄影爱好者等组成的一个特殊群体。

那么，在当下这个剖面，如我所说的守山人全国究竟有多少？

为此我多次查阅资料，又曾分别走访过云南省的相关部门。结果如我所料，由于归口不同、用工体制不同、经费渠道不同等原因，我所要的数字没有哪个部门能够准确回答。2023年10月，我偶然查到一篇2021年就发布在网络的"来源中国绿色时报"的短文，题为《致敬护林员》，其中有云："'看树人'在我国超过250万，他们的名字叫护林员。"我尝试寻找刊发原文的报纸也未得，姑且作为参考吧。据此，我心目中的"守山人"，全国至少得往"数

"百万"去说。

数百万人常年顶风冒雨于山野，于默默无闻的坚守中轰轰烈烈，访之不尽写之不完，只此以一斑窥全豹。

二

2023年7月19日，"世界自然基金会"微信公众号发布文章宣称："WFF在亚洲和中非展开的一项巡护员调查显示，每7个巡护员中就有一个受过重伤，比例高达14%，与我们日常熟知的职业相比，巡护员的工作强度大、危险系数高、收入普遍偏低，一般人很少会主动选择。"

这也是我采访过的守山人工作现状的折射。

他们辛苦——钟泰和肖林以血肉之躯在凛冽的白马雪山里消耗过多少热量？李定王守着高黎贡山四十年越过了多少荆棘乱石？怕热的张贵良在大围山的"脆弱生境"中失去了多少清凉？他们的辛苦，是城里人的手机步数无法测量的天数。

他们危险——刀枪夺命，张春义、姜兴伟不能退缩也来不及退缩；蛇头一昂，罗成昌昏倒就醒不过来也得认；选择了守山，赵玮才会失去他健康的腿……他们的危险，是悬在头顶不知何时滑落的巨石。

他们孤独——张佐柱往来红尘中最热闹的大理古城而眼睛里只见树，杨鑫峰十多年的大好年华只面向一座瞭望塔，肖良开在众人安闲的假期只身巡逻在保护地……他们的孤独，是万物入梦后的月明夜空。

他们顾此失彼——苏振国护林护丢了妻子、冷落了儿子、忽视了父母；李家华因为守山连孩子都不敢要，而余新林、周应再身为夫妇却如牛郎织女；无量山的护林员陶正坤，妻子临盆他人还在家后面的林子里……他们的取舍，常常是背对家门，面向珍稀动植物。

他们收入不高——余建华每天的护林收入才几块钱的时候，他儿子在外面打工挣一百多；李伟祥天天邀约老伴一同巡山，夫妻俩只取一份报酬千余元；赵青宇的妻子抱怨丈夫挣钱少、危险多，赌气出门几个月便挣回上万元……说到收入，我采访过的守山人有三大类，一类是体制内保护工作者、科研人员，大多为事业身份，按国家规定取酬；第二类是合同制身份，保护最前端的护林员基本都是，目前各保护区的月报酬大致在近千元到三千多元之间不等；第三类便是摄影爱好者、环保志愿者等，都不从守护中获取报酬。

辛苦、危险、孤独、顾此失彼、收入不高……还有很多，但已不必枚举。接踵而来的问号是，这样的一份职业，为什么在我国还能有数百万人在坚持？

针对我的电话讨教，上海某高校一位著名的经济学教授认为，如果仅从个人利益出发，守山确实不是个理想职业，以守山人中比重最大的护林员为例，在经济困难、追求温饱、就业渠道单一的过去，或许每月固定的护林收入的确解决了部分人的生存问题，但那与艰苦的付出并不相称；而到了社会进步、经济发展、就业和生存途径多元化的现在，他们的收入虽然有所增长，但工作的艰苦程度并未从根本上降低，付出与所得的"性价比"依然不高。有鉴于此，他肯定地说："职业不理想而坚持的动力只有一个，那就是精神力量的支撑。"

不愧是经济学教授，他的分析让我豁然开朗，许多守山人的原话瞬间涌上心头：施贵华说"苍山是我家"，肖林说"这辈子，我们都是白马雪山的人"，周应再说"下辈子我还愿意守着高黎贡山"，鲁志云说"我选择了与青山绿水为伴"，张兴伟说"我守了国门又守青山，神圣无比"，张贵良说"边关的山水成为心灵的故乡"，赵青宇说"长海子的鹤每一只都像我的娃娃"……

千言万语，出自不同山头不同人，仿佛都在表达同一个心声：山不是物而是"人"，不是普通人而是"亲人"，不是一般的亲人而是"至亲"。至亲者，心肝宝贝也，余建华老人那声声"我的猴子"于是如雷贯耳、无比霸道而合情合理。轻轻更换名词，你就能领略这四个字的魔力：我的苍山、白马雪山，我的大树杜鹃、中华桫椤，我的长臂猿、黑颈鹤……最终都是"我的青山"。

我的青山我不守谁守？

他们不计得失、无怨无悔，咬定青山不松口。

三

又至夜深人静时，窗外竟然响起密集的雨声。

昆明的冬雨是很珍贵的，尤其是这么大的雨，足够压制尘埃，净化空气，改良一城人的梦境。不由想起一本名著里的句子：跟我进山吧，这样你就能面对丰沛的雨水、足够干净的空气……

丰沛的雨水和干净的空气人人喜欢，这些本来就是青山的主要成分啊。可现代人忙碌如此，又能有几人几时能去山中逗留、享受呢？

历史的巨轮驶进了新时代，复兴梦里绿水青山的美丽中国正召唤更优良的生态和人居环境。从这个角度说，"青山"已远不止于保护区，而应是960万平方公里国土的每一寸。换言之，我的祖国在某种程度上已具化为我的青山，这座"山"不但体量巨大无比，而且"保青"已非目的，"更青"才是臻境，意味着既有的保护力量远远不够。

怎么办呢？不妨说说我身边的事实。

每年冬天，云南人都拥有一份来自海边的温暖：看海鸥。我记得，海鸥最早到昆明越冬是1985年，那年我刚上大学，到省城都是头一次，更没见过大海。当看到白羽红嘴的鸥群现身于春城水域，我的兴奋不亚于嗅到了此生最仰慕那位女明星的芳踪。从那以后，像无数市民一样，自购食品喂海鸥便成了我每年冬天必做的一件事。

海鸥看中的是春城的四季如春，更是高原居民对它们始终不变的热情。至眼下这个冬天，有鸟类保护组织发布的信息称，到昆明越冬的海鸥数量已有4万多只、种类多达14种。更让人开心的是，海鸥不仅迷恋昆明的滇池、翠湖、大观河，还广泛出现在大理洱海、玉溪抚仙湖等水域，大有飞遍云南之势。

候鸟舒缓了冬寒，淡化了岁月流逝的忧伤，陪父亲老去，陪我一路走来，陪儿子从小到大，陪无数云南人从求温饱到享小康。几十年人鸥两悦，不知催生过多少动人的故事。

2020年12月的一个周末，我曾在昆明翠湖公园攒动的人群中拍到这样一组照片，第一张是海鸥凌空抢食一只老手上的大面包，第二张是轮椅上托举面包的大爷，第三张是另一只手往大爷的嘴里喂橙子，第四张是正在剥橙子的大娘……大爷喂海鸥，大娘喂老伴，这可能是云南冬天特有的温馨场景。

之后的几个冬天，只要我留意，就总能在同样的位置看到二老的身影。前几天再去，小小的翠湖飞鸟如雪，人流更密，候鸟的叫声交响着鼎沸的笑声。我寻大爷和轮椅不见，仔细看才发现那位大娘独自跻身人丛，头发全白而面带微笑，一个人在掐面包喂鸥……大爷去了哪里？我相信，不管他去了哪里，只要海鸥在眼前，他就一定还乐呵在她的脑海里。

近40年来，并不需要成立专门的"海鸥保护区"，我们身边的人不是投石而是投食、不是少数人保护而是集体献爱，在青山万重的云南，托举了一种身在内陆高原而年年亲近海鸟的幸福、一座锦上添花的"青山"。此种情形，其实前面的章节已有所涉及，诸如苍山村民抱团守山、高黎贡山成立农民保护协会、大围山保护区面积顺利扩大、乌蒙山湿地群众包容鹤等等，大小都是集体力量所致。

由此可见，大众参不参与，生态建设的效果一定差之万里。

由此可见，要实现美丽中国的愿景，守山人的精神就不能只是守山人身上的风景——就如响鼓箐村的小学生、余建华的孙女作文里所说"守山等于护自己"，"祖国"或"青山"是大家的，理所当然要由全民同捍卫。

兹事体大，也难也易。说难是老话题，涉及人的素质，考验的是全民的自觉性，的确不易；说易也有理由：全民"守山"，并不需要所有人都去山中上班、都像守山人那样终身在山中艰苦奋斗，而只需要每个人以大家为小家、像珍惜家庭空间那样，于点滴间善待我们的生存环境即可，但凡肯做就不难。

中国历来是一个依靠集体力量战无不胜的国度，所谓积少成多、集腋成裘、众志成城、众人拾柴火焰高在我们看来已不是口号而是经验。随着人的素质不断提高，随着科技发展带来的自然保护手段、设施的升级，我们充满信心，憧憬着青山自青，保护区不需再守或不再需要那么多人守的那一天。

我想那时，守山人纵然一时失业也会欢欣鼓舞吧？毕竟，国家那么强大，一定有别的工作等着他们做，他们还可以借机到更多的青山里走走。

谨此遐想，也作理想。

后　记

该交稿了，时光的暴走总是这么迅猛。如孩子长到一定年龄，你舍不舍得、他有没有长大你都得放手。

一场相当规模的身心之旅暂时驻足，其中的日日夜夜、点点滴滴我永生难忘。

此处只剩一个语词：感激。

我感激来自7座大山的每一位"作者"，他们都经大自然洗礼，澄澈简单，朴素真诚，被我尊敬，为我挚友。

我感激鼓励帮助我展开此书全流程的领导、同事，感激云南美术出版社李林、台文等诸位自始至终的抬爱。

我感激为我每一次采访操劳的相关州市及县市、乡镇的朋友，按7个章节的顺序他们是：席玲、吴江、黄孟璐、杨燕喃、伍霜、和元芳、杨新闻、常宏香、宋瑞雨、杨天啸、张宏军、王剑波、王蕾、杨丽梅、杨坤杰、仵猛、杨丽冰、姜惠琇、杨春晓、解明久、李映华、王孜文、赵云宏、孙娟、李沁玲、樊都、徐汝枞、王锐、朱家凤……

我当然也感激写作屡次"卡壳"时的唯一目击者、书稿的第一位审读人——我的爱人。

谨此铭记。时光如流云，感激是磐石。

加缪有言："原野寂静，土地芬芳，我周身充满着香气四溢的生命，我咬住了世界这枚金色的果子，心潮澎湃。"

写这本书挺累，但开心。

但凡写累过的人都知道，放下笔又能拾起远方。

作者

2023年12月31日·昆明